DREAM

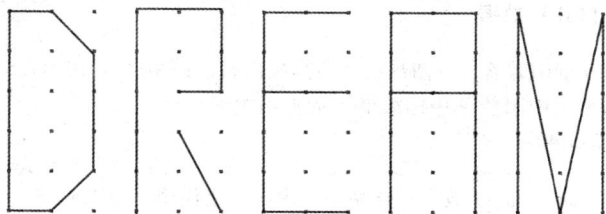

少年梦·青春梦·中国梦：中国故事

花一样开在心里

刘国芳　著

江西高校出版社
JIANGXI UNIVERSITIES AND COLLEGES PRESS

图书在版编目（CIP）数据

花一样开在心里/刘国芳著. —南昌：江西高校出版社，2014.4（2017.5 重印）
（少年梦·青春梦·中国梦：中国故事 / 尚振山主编）
ISBN 978-7-5493-2440-8

Ⅰ.①花… Ⅱ.①刘… Ⅲ.①故事—作品集—中国—当代 Ⅳ.①I247.8

中国版本图书馆 CIP 数据核字（2014）第 059245 号

出 版 发 行	江西高校出版社	
社　　　址	江西省南昌市洪都北大道 96 号	
邮 政 编 码	330046	
编 辑 电 话	（0791）88170528	
销 售 电 话	（0791）88170198	
网　　　址	www. juacp. com	
印　　　刷	北京一鑫印务有限公司	
照　　　排	麒麟传媒	
经　　　销	各地新华书店	
开　　　本	710mm×1000mm　1/16	
印　　　张	14	
字　　　数	201 千字	
版　　　次	2014 年 6 月第 1 版	
	2017 年 5 月第 2 次印刷	
书　　　号	ISBN 978-7-5493-2440-8	
定　　　价	28.00 元	

赣版权登字-07-2014-141

［刘国芳］　花一样开在心里

扔石子的小女孩

去年秋天，我在一个叫山下的小村里住了半年。我是因为拆迁才搬到这个地方来暂住的，村子很小，村里村外都是树，远一些，是青青的下马山。"绿树村边合，青山郭外斜"。这景致，我在孟浩然笔下见过。

一天，我看见一个小女孩沿着一条小路从另一个村走来，路两边都是树，早上的阳光金子般灿烂，阳光从那些树叶间穿过，一条小路，便嵌着金子一样。小女孩大概六七岁，在那条嵌着金子般的小路上，走着，跳着，像个快乐的天使。

不一会儿，小女孩走到了村口的一棵大树下，我看见小女孩仰头看着那棵树。随后，小女孩捡了石子，往树上扔起来。

我明白小女孩是在扔树上的果子。我的住房离树并不远，但我视力不好，看不清楚那是一棵什么树，那是桃树李树或者板栗树柿子树都有可能。小女孩扔了好一会儿，走了，扔没扔到果子我不知道。第二天，也是这个时候，小女孩又踩着好些金子走了来。还和昨天一样，小女孩走到树下就不再走了，仰着头看了看树，小女孩又拿石子往树上扔起来。此后很多天，我都看见这个小女孩，她肯定不是这山下村的人，她总是从另一个村子走来，走到树下就不走了，然后不停地往树上扔石子。显然，这是个好吃的孩子，她天天来这儿扔果子吃。

但我错了。有一天我走到了树下，发现那并不是一棵果树，既不是桃树李树，也不是板栗树柿子树，而是一棵樟树，树上根本没有果子。那么，小女孩天天来，她在扔什么呢？

一天，我在树下时，小女孩来了，我在小女孩把石子往树上扔时问道："你扔什么呀？"

小女孩看看我，问我说："你认识胡妈吗？"

我摇摇头。

小女孩说："胡妈的女儿外出打工后没回来，胡妈只有这一个女儿，她眼睛都哭瞎了。"

我说："这跟你扔石子有什么关系呀？"

小女孩说："我奶奶说，樟树老了就很神，谁把石子扔到树上不掉下来，它就会满足谁的希望，我希望胡妈的女儿快点回来，所以往树上扔石子。"

我看了看树上，枝枝桠桠间果然有很多石子，于是问小女孩："这树上的石子都是你扔的？"

"都是我扔的，可胡妈的女儿怎么还不回来呢？"小女孩看着我问。

"会回来的。"我竟然相信了小女孩的神话。

小女孩还是经常来，来了，就在树下扔石子。一天，小女孩扔石子时，我看见了小美。这是个很美的女孩，十八九岁的年纪。她跟我一样，也是拆迁户，在村里暂住。但她比我来得早，我搬来的那天，就看见了她。那时我们还不熟，但小美很大方地问我说："你也是拆迁户？"我说："是。"小美又说："要我帮你吗？"一个并不熟的人这样热心，让我很感动，我当时就喜欢上这个小村了。后来，我知道小美也是拆迁户，在城里一家超市上班。

现在，小美走近了小女孩。

小美肯定是第一次看见小女孩往树上扔石子，她好奇了，也像我当时一样地问小女孩说："你扔什么呀？"

小女孩也那样问她："你认识胡妈吗？"

接下来，他们几乎重复了我们那天的对话：

"胡妈的女儿外出打工后没回来，胡妈只有这一个女儿，她眼睛都哭瞎了。"

"这跟你扔石子有什么关系呀？"

"我奶奶说樟树老了就很神，谁把石子扔到树上不掉下来，它就会满足谁的希望，我希望胡妈的女儿快点回来，所以往树上扔石子。"

"这树上的石子都是你扔的？"

"都是我扔的，可胡妈的女儿怎么还不回来呢？"

接下来，小美没像我一样说，她问道："胡妈在哪儿呢？"

"在我村里。"小女孩说。

"能带我去看看她吗？"小美这样说。

小女孩当然会带小美去，于是那条嵌着金子的小路上，便有了两个走着跳着的人。

过后有人告诉我，邻村胡妈的女儿在外打工时，被"非典"夺去了年轻的生命，有关部门其实告诉过胡妈，胡妈听后整天哭，把一双眼睛哭瞎了。后来，胡妈就神志不清了，整天说她女儿会回来，于是就有那小女孩来树下扔石子的故事。

但后来，小女孩再没来扔石子，我留心过，有好长时间，小女孩都没来。

我不知道小女孩做什么去了。

有一天，终于看见小女孩了，她蹦蹦跳跳从那条嵌着金子的路上走了来，但到了那棵老樟树下，小女孩没扔石子，而是在树下跟几个孩子玩。我不明白小女孩为什么不扔石子了，便过去问她说："你为什么不往树上扔石子了？"

小女孩说："我的愿望实现了。"

我说："你实现了什么愿望？"

小女孩说："胡妈女儿回来了。"

我不相信，胡妈的女儿不可能回来，但小女孩硬说这是真的，还拉着我去他们村看。我还真跟小女孩去了，到了，我看到了**把眼睛哭瞎了**的胡妈。她正从屋里出来，她边上，一个女孩儿，**搀着她**。

或许有人猜到女孩儿是谁了，她是小美。

不错，她就是小美。

不久以后，我就搬走了，但那个小女孩，我一直记着。她很小，却告诉了我一个道理，那就是许多美好的愿望，只要**敢想**，就有可能实现。

花一样开在心里

　　有一个女孩，在路边摆了个小摊。这儿是郊外，女孩可以肆无忌惮地打起一把很大很大的伞。女孩和她的摊子，就摆在大伞下。我那时候还在临川电视台上班，我每天都要骑摩托从女孩跟前经过。但有很长一段时间，我都忽视了女孩。或者说我每天来来去去从女孩跟前走过时，都没怎么认真看过女孩。有时候我会认真看一棵树，一朵花，比如桃红柳绿，有时候我会停下车来认真欣赏那些树，欣赏着树上的花。甚至，我会注视一些草，草不起眼，但在春天的时候，会让我感到它勃勃的生机。但女孩，我真的把她忽视了。我真的没怎么注意她。当然，说完全没看她一眼也不是事实，偶然也会瞥女孩一眼，女孩黑黑瘦瘦，毫不起眼，没往我心里去。说真的，那时候女孩在我心里，还不如一棵树、一朵花或一棵草。

　　如果不是那次爆胎，我也许永远都不会注意到她。

　　那天天热，我的摩托骑到女孩摊子那儿时，歪歪扭扭骑不动了。我赶紧下车检查，发现漏气了。骑摩托最怕漏气，骑不动也推不走。正在为难，女孩过来了。女孩问我是不是轮胎漏气了？我没看女孩，但点了点头。女孩没再问什么，却从她的摊子里拿了一把气筒过来。我就有些惊喜了，问女孩是不是除了摆摊还修胎。女孩摇头，说经常有骑车的人在路上消气，备一把气筒可以方便人家。女孩这话让我对她刮目相看了。这回，我认真看了她一眼。

接下来打气，但打了许久，轮胎也没鼓起来。女孩见了，便说怕是要补胎吧。我说肯定要补胎，但这儿前不着村后不着店，怎么找得到补胎的人呢？女孩说我们村里有一个修车的人，他会补胎，要不，我去把他叫来吧。我说很远吗？女孩伸手指了指一个村庄，说不远，只有三四百米。说着，女孩走动起来，边走还边说："帮我看着一下摊子。"

我一直注视着女孩走去，直至女孩走远了，融入远方那个村庄，我才回过神来。天天都看得见的一个女孩，以前没怎么注意她，现在，我感觉到她的好了，感觉到她的热心。就像一朵花、一棵树、一棵草，你不注意它们时，不会觉得它们的存在。你注意它们了，会觉得那一朵花、一棵树、一棵草，都很美。这女孩，现在就给我这样一种感觉。

女孩很快出现了，她后面，跟着那个补胎的人。也是很快，我的摩托修好了。出于对女孩的感激，我在走之前掏出钱要从女孩那里买一包烟。女孩看看我，忽然问道："你抽烟吗？"

"不抽。"我回答。

"不抽烟你买烟做什么？"

"我想感激你！"

"不卖。"

女孩真的没卖烟给我。我随后买了一瓶水，但这瓶水却因为我没有零钱，让女孩白送给了我。

这女孩，我一直记着她，很久很久，都记着。就是后来我离开了临川电视台，我不要从女孩跟前走过了，但我还会想起她。有时候，我还会认真看着一朵花、一棵树或一棵草。这时候，我必定会想到女孩，会想到女孩那把很大很大的伞。这时候，我觉得那把伞仿佛也是一朵花了。

真的，那把伞，花一样开在我心里。

追火车的孩子

孩子的母亲要去外面打工，孩子的父亲去送她，孩子也跟着。孩子牵着母亲的手，问她说："妈妈，打工的地方很远吗？"

母亲说："很远。"

孩子说："要走很久很久吗？"

母亲说："不要，坐火车只要一天就会到。"

孩子知道火车，孩子村外有一条铁轨，每天都有火车经过。孩子不知道妈妈坐的火车要不要经过这里。孩子不知道的事就会问，孩子问道："妈妈坐火车要往我们这里经过吗？"

母亲说："要，就经过这里。"

母亲松开了孩子的手，说："你回去吧。"

孩子站在那里，说："妈妈，你要早点回来呀。"

母亲说："好，我早点回来。"

母亲说着，就走了，父亲送母亲去，也走了。但父亲很快回来了，孩子见了父亲，就说："妈妈走了吗？"

父亲说："走了。"

一列火车，在他们说着时轰隆隆开来了。孩子看着火车，问父亲："妈妈就在这列火车上吗？"

父亲说："就在这列火车上。"

孩子听了，跑了起来，跟着火车跑，孩子喊道："妈妈……妈妈……你早点回来……"

以后，孩子天天都在盼望妈妈早点回来，但孩子的妈妈没回来。一天又一天过去了，孩子的妈妈都没回来。没看见妈妈回来，孩子就去问父亲，孩子说："爸爸，妈妈怎么还没回来呀？"

其实，孩子的母亲已经不会回来了。孩子的母亲在外面打工时，认识了一个有钱人，孩子的母亲跟了他，再不回来了。孩子的父亲知道这些，但父亲不会告诉孩子这些，他在孩子问妈妈怎么还不回来时，总跟孩子说："快了快了，你妈妈快回来了。"

好久好久过去了，妈妈仍没回来。

孩子没看见母亲，就会到村外的铁路边去，看见火车开来，孩子就跟着火车跑，边跑边喊："妈妈……妈妈……"

有好长一段时间，孩子都这样跟着火车跑，但孩子跑不过火车。孩子在火车开走后，会站在路边流眼泪。孩子说："妈妈，你怎么还不回来呢？"

看见孩子这样，孩子的父亲很难过。孩子的父亲后来把孩子送去读幼儿园了，但孩子回来，还是会去村外的铁路边。看见火车开来，孩子仍跟着跑。幼儿园的一个阿姨，有一天让孩子们画画，孩子便画了一列长长的火车，还画了一个孩子，跟着火车跑。阿姨不知道孩子画的是什么，便去问孩子。孩子便告诉阿姨，孩子说："那长长的，是火车；那个跟着火车跑的人，是我。"

阿姨说："你为什么要画火车呢？"

孩子说："我妈妈坐火车走了，好久好久都没回来。"

阿姨又说："你跟着火车跑做什么？"

孩子说："我想追上火车，把我妈妈叫回来。"

阿姨不再问了，眼里泪光闪闪。

有一天，阿姨去了孩子他们村。在村外，阿姨看见了孩子。孩子呆呆地站在离铁路不远的一条路上。后来，火车开来了，孩子便跑起来，跟着火车跑，边跑边喊："妈妈……妈妈……"

阿姨眼里，又泪光闪闪。

这后来的一天，孩子又跟着火车跑，边跑边喊："妈妈……妈妈……"很快，火车开走了。但这天，孩子看见阿姨站在铁轨那边。孩子见了阿姨，走过去，然后说："阿姨，你怎么在这里呀？"

阿姨说："我不是阿姨。"

孩子说："你不是阿姨是谁？"

阿姨说："我是你妈妈。"

孩子说："你不是我妈妈，我妈妈不是你这种样子。"

阿姨说："我就是你妈妈，我离开你很久很久了，我变成这样子了。"

孩子说："真的吗？"

阿姨说："真的。"

孩子便牵了阿姨的手，往家里跑，快到家时，孩子喊起来："爸爸，爸爸，妈妈回来了。"

画房子

　　孩子一直住在乡下的外婆家，孩子的妈妈偶尔会去看孩子，但孩子从来都没看到爸爸来看她。有一天，孩子问妈妈："爸爸呢，爸爸怎么不来看我？"

　　妈妈没做声。

　　孩子又说："我要跟妈妈回家。"

　　妈妈这回做声了，说："你还小，妈妈没时间照顾你。"

　　后来的一天，妈妈把孩子接走了。妈妈说孩子慢慢大了，要接孩子去城里上幼儿园。于是，孩子就跟妈妈来到了城里。城里的房子好高好大，又漂亮，孩子一直仰着头看。后来，妈妈就带孩子走过一片新开发区。那儿全是别墅，一幢又一幢。孩子还不知道别墅这个词，孩子只觉得路两边的房子特别好看。孩子好希望自己也住在这样好看的房子里，孩子甚至指着一幢好看的房子，问妈妈说："妈妈，这是我们的房子吗？"

　　妈妈摇头。

　　孩子不死心，又指了一幢好看的房子，问："妈妈，那这幢呢，是我们的房子吗？"

　　妈妈仍摇头。

　　孩子真的不是住在这样好看的房子里。走过那片别墅区，孩子就跟妈妈来到了一条又小又窄的街上。街上的房子又矮又小，还破破烂烂。孩子的妈妈就住在这样破破烂烂的屋子里，她跟孩子说，这是她们的家。

在家里，孩子仍没见到父亲，孩子整天只跟妈妈在一起。有一天，孩子又问起来："妈妈，爸爸呢，我怎么没看到爸爸呀？"

妈妈仍没做声。

孩子上幼儿园了，在幼儿园里，老师教孩子做得最多的事就是画画。孩子很喜欢画画，她总把彩笔放在身上，还放几张纸。有一天，孩子一个人在街上玩。玩着玩着，孩子就走远了。孩子走到了那片新开发区，那儿全是好看的房子。孩子站在一幢特别好看的房子跟前，看那幢房子。看了许久，孩子拿出彩笔和图画纸来，在房子外面歪着头，认真地画起房子来。

在孩子画画时，一个叔叔站在孩子身后，看着孩子画。看了好一会儿，叔叔说："你画什么呀？"

孩子说："画房子。"

叔叔说："你为什么要画房子呀？"

孩子说："我妈妈住的房子又破又旧，我要画一幢好看的房子给妈妈。"

叔叔被孩子的话说笑了。

天不早了，叔叔牵着孩子，要送她回家。孩子的妈妈到处找孩子，见一个叔叔牵孩子回来，便放心了。妈妈过去抱起孩子，问她说："你吓死妈妈了，你到哪里去了呀？"

孩子身后的叔叔说："她在我那儿画房子。"

妈妈说："她画房子做什么呀？"

叔叔说："她说要画一幢好看的房子送给你。"

妈妈笑了，笑着时才想起要谢谢人家。于是，妈妈跟孩子说："叔叔送你回家，你快谢谢叔叔。"

孩子便说："谢谢叔叔。"

孩子后来又到那幢好看的房子外面，画房子。那个叔叔在孩子画画时又出现了，叔叔见了孩子，又说："你怎么又在这儿画房子呢？"

孩子说："上次画的不好，我要重画，画幢最好看的房子给妈妈。"

孩子画了好久后，叔叔又要送孩子回家。叔叔又去牵孩子，忽然，叔叔看见孩子手上有一个电话号码。叔叔问孩子手上怎么写着电话号码。孩子说妈妈说如果他迷路了，这个号码会有用处。

叔叔笑了，拿出手机，拨通了这个号说："你孩子又在我这儿画房子哩。"

手机里说："这孩子怎么这么不听话呀，害得我到处找她。"

叔叔说："你不要急，我马上送她回去。"

这后来的一天，那个叔叔忽然接到孩子妈妈打来的电话，孩子的妈妈说："我孩子又不见了，她是不是又在你那里画房子呀？"

叔叔便出来看，但他没看到孩子，于是说："没看到呀。"

孩子的妈妈便急起来，在手机里说："这孩子，到哪里去了呢？"

叔叔说："你不要急，我帮你去找。"

叔叔随后去找孩子了，不久，叔叔就找到了孩子。孩子那时候迷了路，坐在路边呜呜地哭。叔叔认出了孩子，过去抱起孩子。孩子见了叔叔，不哭了。后来，在路上，孩子趴在叔叔的身边，跟叔叔说："叔叔，你做我爸爸吧。"

叔叔说："我做你爸爸，你爸爸怎么办？"

孩子说："我没有爸爸。"

孩子后来经常会去叔叔那儿玩，每次，孩子都说要叔叔做她的爸爸。叔叔就笑，说那要你妈妈同意。有一天，孩子就把妈妈拉去了，孩子跟妈妈说："我要叔叔做我的爸爸。"

两个大人脸红了。

有一天，孩子又在叔叔那儿画房子。叔叔问她怎么还画呀？孩子说上次她画的还是不好，她要重新画过。叔叔这时抱起孩子，说："你不要画了，你干脆把这幢房子送给你妈妈吧。"

孩子说："这是叔叔的房子呀。"

叔叔说："叔叔把房子送给你，这房子就是你的呀。"

孩子说："叔叔说话算数？"

叔叔说："一定算数。"

孩子就从叔叔身上下来了，屁颠屁颠地往家里跑。叔叔怕孩子跌倒，牵着她。不久，孩子的妈妈看见他们了，妈妈问孩子说："你又画了房子送给我呀？"

孩子摇头，说："我不画了，叔叔已经把那幢房子送给我了，我要把它送给妈妈。"

两个大人听了，笑起来。

长乒乓球的树

阿朵还没有读书的时候，老人就在学校门口卖乒乓球。那些黄的白的乒乓球放在一个蓝色的塑料脸盆里，很好看。阿朵每次从老人跟前走过，都要看看那些乒乓球。有一天，阿朵身上有一块钱，于是，阿朵把钱伸给了老人，阿朵说："爷爷，我买乒乓球。"

老人摸索着接过阿朵的钱，然后说："你自己在脸盆里拿。"

看着老人摸索的样子，阿朵明白了，老人眼睛不好。

这个老人一直在学校门口卖乒乓球。阿朵读书了，老人还在卖。

阿朵读书后，喜欢上了打乒乓球。学校的操场边上长着很多树，树下有好几张乒乓球桌，阿朵就在这儿跟同学打乒乓球。一天，阿朵使劲扣一个球，球没扣准，飞了，往天上飞。奇怪的是，这个球没有掉下来，它不见了。阿朵和同学在树下找，找来找去找了好久，也没看见那个球。

阿朵只好再去买一个球，那个老人还在，阿朵走到老人跟前，伸一块钱过去，仍说："爷爷，我买乒乓球。"

老人仍让阿朵自己在脸盆里拿。

后来，这种情况又出现了。阿朵使劲扣一个球，球没扣准，飞了，往天上飞。奇怪的是，这次，球也不见了。阿朵和同学在树下找，找来找去找了好久，也没看见那个球。

少年梦·青春梦·中国梦——中国故事
[刘国芳] 花一样开在心里

阿朵和同学不知道球到哪里去了。

不仅阿朵把球弄不见了，别的同学也出现过这样的事，好好的，一个球飞起来，却不见落下来，怎么也找不到。找不到球，只好去买球。老人问阿朵，说："你怎么又来买球呀？"

阿朵说："不知道怎么回事，球飞起来，就不见了。"

老人说："有这样的事？"

阿朵说："真的，不骗你。"

老人也是很不解的样子。

一天，阿朵放学走出校门，看见老人脸盆里一个球也没有。阿朵有些奇怪。阿朵走近老人，问老人说："爷爷，你脸盆里的球都卖了吗？"

老人说："没有呀。"

阿朵说："可是，脸盆里一个球也没有呀？"

老人说："不可能呀，还有十多个。"

阿朵说："没有，一个都没有。"

老人怔了一会儿，忽然明白了什么，说："那一定是刚才几个小伢仔拿了，刚才几个人说来买球，但没一个人买，都走了，没想到他们把我球都拿走了。"

阿朵听了，很生气，便骂起来："那几个坏东西，怎么偷爷爷的球呢？"

说着，阿朵把一块钱放在了老人的脸盆里。阿朵很想多给老人一些钱，可惜，阿朵只有一块钱。

这天阿朵午睡时，阿朵做梦了，阿朵梦见学校操场边那些树上长了很多乒乓球。阿朵拿一根竹竿，一个一个把乒乓球打下来，有好几十个。阿朵用书包装着这些乒乓球，去给了老人，老人觉得奇怪，问阿朵说："你怎么有这么多乒乓球呀？"

阿朵说："树上长的。"

阿朵醒来后，便往学校跑。阿朵要去操场边的树下看看，看有没有球长在树上。

让阿朵万分惊讶的是，树上真有球。那时候变天了，刮很大的风，吹得树叶哗哗啦啦响。忽然，树上吹下一个球来，又吹下一个球来，再吹下一个球来。阿朵捡起球，仍觉得是梦，便掐了掐自己，不是梦，树上确实长了球。风一吹，掉下一个；风一吹，又掉下一个。

其实树上不会长球，阿朵和同学经常在树下打球，有些球打飞了，不见了，这些球都被树叶托住了，现在风一吹，球就掉下来了。

这天，阿朵在树下捡到十多个球。阿朵用书包装了，跑到校门口，把球给了卖球的老人。

老人很奇怪，说："你怎么有这么多球。"

阿朵说："树上长的。"

花开的声音

　　一个住在河边的小女孩，总爱到河边去玩。一天，小女孩在河边看见了一棵桃树，那细细的桃树，没长多少枝桠，却开出红艳艳的花来，十分好看。小女孩很喜欢桃花，她在那儿看了很久，才离开。

　　第二天，小女孩又去了，但那些桃花差不多被人折光了。一个和小女孩差不多大的小男孩，折下了最后一根枝条。那上面，开满了桃花。小女孩见了，很有些生气，她过去拦住小男孩，说："你为什么要把桃花折了？"

　　小男孩说："这是你栽的桃树吗？"

　　小女孩说："不是。"

　　小男孩说："不是你的桃树，你为什么不让我折？"

　　小女孩说："桃花开在树上，多好看呀，为什么要折了呢？"

　　小男孩没说话，跑走了。

　　小女孩没走，她看着那光光的桃树，很伤心。

　　过后，小女孩又在河边看见另一棵桃树，也是细细的一棵树，没长多少枝桠，却开出红艳艳的花来，十分好看。

　　小女孩又在那儿看了很久。

　　小女孩后来天天守在桃树边上，"不能让别人再把桃花折了"，她跟自己说。果然，有小女孩守着，真的没人再折桃花了。有人想折，但才伸手，小女孩就说："不能折桃花。"折的人就问："为什么不能折？"小女孩说："桃花开在树上，多好看呀，为什么要折了呢？"听小女孩这样说，别人就不好意思折了，走开去。

一天，一个老人走来，这老人小女孩认识，就住在小女孩家的那条街上。小女孩看着老人走来，以为老人也要折花。但老人只走近小女孩，然后说了一句很奇怪的话："茵茵，你在这儿做什么呢，是不是在听花开的声音？"

小女孩奇怪地看着老人，说："花开会有声音吗？"

老人说："有。"

小女孩就到桃花旁边去听，屏声敛气的样子。小女孩没听到声音，于是说："爷爷，没有声音呀！"

后来的几天，小女孩还见到好几次老人，老人看见小女孩，总问："听到花开的声音吗？"

小女孩摇摇头，说："没有。"

小女孩还说："花开会有声音吗？"

老人说："有声音的，花开的声音很好听很好听。"

小女孩说："那什么人听得到花开的声音呢？"

老人说："幸福的人。"

这以后好多天，小女孩都没见到老人。小女孩从老人门口走过，总要往门里探一探，想看到老人。但老人不知哪里去了。有一天，小女孩又见到了老人。老人好像老了许多，坐在门口一动不动。小女孩一见老人，赶紧走过去，说："爷爷，这么多天怎么没看到你到河边去看桃花呀？"

老人说："爷爷病了。"

小女孩说："爷爷，你走走吧，我爷爷说人老了，多走一走，就不会生病。"

老人说："我老了，走不动了。"

小女孩说："我扶你吧，我扶你去看桃花。"

小女孩说着，真伸手搀扶着老人慢慢往河边走。

不一会儿，他们便看见红艳艳的桃花了，小女孩看着桃花，问老人说："爷爷，桃花好看吗?"

老人说："好看。"

小女孩说："可惜，我听不到花开的声音。"

老人说："我听到了。"

小女孩说："花儿说了什么?"

老人说："花儿说：'爷爷，我扶你吧，我扶你去看桃花。'"

小女孩说："这是花开的声音吗?"

老人说："是。"

当兵的爸爸

　　海边的孩子好久好久都没见到爸爸，记忆中，孩子是见过爸爸的，但爸爸走后，就没回来。孩子有时候想爸爸，便会问妈妈："我爸爸呢？"

　　妈妈说："你爸爸在海那边当兵。"

　　"当兵？"孩子还是不懂。

　　有一次，妈妈拉着孩子去镇上。孩子的家离镇上很远，要走好远好远的路，走了大半天，到了，妈妈指着一个穿一身军装的人说："你爸爸像他一样，也是个当兵的。"

　　孩子就看着兵笑。

　　镇上有好多兵，孩子看见一个，就笑。又看见一个，又笑。后来，孩子的妈妈在商店买东西，孩子站在妈妈身边。站了一会儿，孩子走到商店门口。在这儿，孩子又看见一个兵从门口走过，孩子又看着兵笑，还屁颠屁颠跟在那个兵后面。走了几步，兵发现孩子跟着他，于是回过头来看着孩子笑，问他："你跟着我做什么？"

　　孩子说："你是我爸爸吗？"

　　兵说："你没见过你爸爸吗？"

　　孩子说："没见过，他在海那边当兵。"

　　兵说："可是我不是你爸爸。"

少年梦·青春梦·中国梦——中国故事
［刘国芳］花一样开在心里

孩子的母亲发现孩子不在跟前，忙跑出来。幸好孩子没跑远，母亲过去拉着孩子，说："你怎么乱跑。"

孩子说："我没乱跑，我看见一个像爸爸一样的兵，我跑出来，看看他是不是我爸爸。"

母亲笑了。

过后，孩子知道爸爸是什么样子了，爸爸的样子就是穿一身军装。有别的孩子问孩子，说："你爸爸呢，怎么总没见到他。"

孩子说："我爸爸在海那边当兵。"

孩子还说："我爸爸穿一身军装。"

别的孩子听了，一脸羡慕。

这以后不久，孩子在外面玩，忽然看见一个兵。这个兵也穿着军装，孩子又跟在后面。这回，那个兵没发现后面有孩子跟着。他走着，孩子一路跑着，才跟得上他。孩子跟了好远好远，兵终于发现有孩子跟着他，于是跟孩子说："你怎么跟着我？"

孩子说："你是我爸爸吗？"

兵说："你没见过你爸爸吗？"

孩子说："没见过，他在海那边当兵。"

兵说："可是我不是你爸爸。"兵说着，又往前走。但孩子那时候跟着兵走了好远好远，他不认识回家的路了。他只有跟着兵。兵回头，又看见了孩子，兵便说："你怎么还跟着我？"

孩子说："我不认识回家的路了。"

兵只好带孩子去找家，但走了好几个村子，孩子都摇头，说那不是他的家。孩子那时候还想着爸爸，孩子一点也不着急，跟兵说："你带我去找爸爸吧？"

兵那时候也不知道该把孩子放哪儿去，兵是海军，他的军舰就在海边执行任务。兵只好把孩子带到军舰上去。军舰上有好多兵，兵抱着孩子，见一个兵，就问："这是你爸爸吗？"

孩子点头。

又见一个兵，又问："这是你爸爸吗?"

孩子又点头。

再见一个兵，再问："这是你爸爸吗?"

孩子仍点头。

好几天后，孩子才回到妈妈身边。看见妈妈，孩子第一句就说："我看见爸爸了，好多!"

美好的理想

一

一个大人，牵着一个孩子在河滩上玩。河里有一个大气球，鲜红的颜色，在回旋的水里打着转转。

孩子看见了气球，松开大人的手，往水边跑去，然后，怔怔地看着气球。

大人也跟了过去。

孩子在大人走近时看着大人说："我要气球。"

大人说："水里的东西，不要。"

孩子说："我要。"

大人说："气球在水里，你怎么要?"

孩子说："我下去捞。"

大人说："水又深又急，你不能下去。"

孩子说："我不管，我要。"

大人有些生气了，说："你怎么这么不听话，再不听话我打人了。"

孩子不管不顾，仍说："我要，我就要红气球。"

大人真生气了，伸手打了孩子一个巴掌，然后把孩子从河边拉开了。

但孩子还想着那个红气球，孩子后来一个人来到了河边。红气球还在，孩子伸手去捞，但一不小心，孩子掉进水里了。

幸好有人发现了，孩子被救了起来。

孩子的大人很快地赶了来，他狠狠地打了孩子。孩子挨了打，哭起来，呜呜的哭声像寒风一样，在水面上刮来刮去。

二

那个气球还在水里。

又一个大人，也牵着孩子在河堤上玩。孩子看见了那个鲜红的气球，孩子也松开大人的手，往水边跑去，然后，怔怔地看着气球。

大人也跟了过去。

孩子在大人走近时看着大人说："我要气球。"

大人说："水里的东西，不要。"

孩子说："我要。"

大人说："气球在水里，你怎么要？"

孩子说："我下去捞。"

大人说："水又深又急，你不能下去。"

孩子说："我不管，我要。"

大人妥协了，大人说："这个捞不到，我给你买一个吧。"

孩子说："买一个一样的，也是红颜色。"

大人说："好，买一个一样的。"

大人随即牵着孩子离开了河边。

大人真给孩子买了一个气球，一个红颜色的氢气球，会飞。孩子牵着气球满河滩跑，格格地笑着，那笑声像阳光一样洒满了河滩。不一会儿，孩子一不小心，气球脱手飞走了。孩子有些失望，跟大人说："气球飞到哪里去了呀？"

大人回答孩子说："气球飞到月球上去了。"

孩子说："我可以到月球上去吗?"

大人说："等你长大了就可以去。"

三

这是一个真实的故事,我不仅目睹了全过程,还救起了那个落水的孩子。现在,我还看得见两个孩子。我总看见一个孩子格格地笑着,一脸阳光灿烂。另一个孩子,我总看见他呆呆地站在门口,那次落水把他吓怕了,他连河边也不敢去了。这时我想,如果那个红气球是孩子的一个理想,那么有一个大人,他把一个理想变得十分美好;而另一个大人,却硬生生把一个孩子的理想扼杀了。

给孩子一个美好的理想吧!

卖　瓜

孩子坐在路边，孩子的大人也坐在路边，卖瓜。

是在马路上，路两边还有瓜，左一堆右一堆。但除了孩子和他的大人，路上没有其他人。那些瓜，被人抛弃了，孤零零地搁在路边。

孩子左瞅瞅右瞅瞅，瞅着远处近处的瓜，跟大人说："我们也走吧？"

大人说："再等等吧，说不定马上就有车来哩。"

孩子说："今年的瓜怎么都卖不出去呢？"

大人叹一声，说："今年车辆限载，运费增加，没人出来调瓜了。"

孩子也叹气，说："这些瓜卖不出去，都坏了。"

大人说："现在都秋天了，还能不坏？"

孩子说："既然坏了，那我们走呀，别人都走了。"

大人还是那句，说："再等等吧，说不定马上就有车来哩。"

这次话才说完，他们真听到汽车声了，轰隆隆从远处开来。大人抖擞起精神，注视着远处的汽车，跟孩子说："你说这辆车会停下来买瓜么？"

孩子说："不会，人家看得出这瓜不好。"

果然，汽车轰隆隆开近了，又开远了，根本没停。

孩子又说："走吧，没人买我们的瓜，这瓜只有像别人一样，扔在这里了。"

大人仍说："再等等吧，说不定下一辆车就会停下来哩。"

说到这时，他们又听到汽车声了，也是轰隆隆从远处开来。大人再打起精神，跟孩子说："这辆车说不定会停下来。"

孩子说："不会停下来。"

果然，这车也轰隆隆开走了。

大人失望了，跟孩子说："这瓜真没人要了。"

孩子说："是没人要，有人要，我们村里那些人也不会把瓜扔在路边。"

大人又叹一声，跟孩子说："走吧，这些瓜扔在这里拉倒。"

孩子点头，说："早该走了。"

两人就离开路边，走起来，但才走出三四步，一辆车又轰隆隆开来了。

孩子和大人下意识停下来，看着那辆车。

那辆车速度不是太快，但歪歪斜斜开着，显然，是出问题了。孩子和大人怕被车撞着，赶紧往路边的田里跳。那车，在他们跳下田时，轰一声压过他们的瓜，然后咔嚓一声停下了。

孩子和大人惊出了一身冷汗。

司机见压了他们的瓜，赶紧从车里出来，连声道歉说："对不起，压了你们的瓜。"

大人说："没什么对不起，压了就赔。"

司机说："那是那是。"

大人说："我这里最少有 1000 斤瓜，都被你压坏了，每斤五角，你要赔我 500 块。"

司机大吃一惊的样子，说："这些瓜差不多都坏了，倒瓤了，马路上到处都堆着，没人要，你怎么还算我五角钱一斤呢?"

大人说："我的瓜跟那些瓜不一样，我的瓜没坏，怎么不要五角钱一斤。"

司机说："还说没坏，这不都倒瓤了吗?"

大人说："这不都是你压成这样了吗？"

孩子这时要说话了，孩子想跟大人说不能骗人家，更不能要人家那么多钱，但孩子才开口，大人就知道他要说什么。大人凶着孩子说："去去去，去把村里人都叫来，看他赔不赔，不赔我叫人来砸车。"

司机有些害怕了，赔着笑脸说："好，我赔，赔你 300 可不可以。"

大人说："400，一分都不能少。"

司机拿出 400 块钱给了大人，然后气呼呼地把车开走了。

大人拿着钱，眉飞色舞的样子，大人说："真没想到有人会把这些瓜压了，这不是给我送了 400 块钱吗？"

孩子冷冷地看着大人，突然冒出一句："你比倒瓤的瓜还差。"

大人傻傻地看着他，数钱的手僵了。

孩子与歌手

　　歌手的歌唱得非常好，听过歌手唱歌的人，都觉得歌手的歌好听。歌手当然很出名，小城人打开电视或走进各种晚会，都能听到歌手的声音或看到歌手的身影。可以这么说，在歌手所在的小城，歌手几乎是家喻户晓的人物。但歌手的名声只局限于小城，在全省和全国，还没什么人知道她。不过，小城人相信，歌手的歌唱得那么好，假以时日，歌手一定会在全省乃至全国扬名。

　　但意外发生了。

　　有一天，歌手的声带坏了。歌手不但唱不了歌，连说话的声音也是嘶哑的。歌手去看了医生，结果让歌手绝望。歌手的声带是器质性的问题，无法治好。这就是说，歌手从此不能再唱歌了，她要永远地告别舞台。歌手是一个视唱歌为生命的人，甚至把唱歌看得比她生命还重要。唱不了歌，歌手觉得她再活着一点意思也没有。

　　有一天，歌手走到了河边。

　　河边有一条堤，歌手从堤上走到了水边。那时候是春季，河里水很满，歌手只要跳下去，她便会成为小城人永远的记忆。

　　忽然，一个孩子出现了。

　　孩子住在堤边上，刚才，他花五角钱买了一瓶泡泡水，现在，孩子在堤上吹着泡泡。孩子吹一口，便有无数五颜六色的美丽泡泡往天上飞。孩子跟着泡泡跑，格格地笑着。当然，那些美丽的泡泡很快破了，消失了。但孩子一点也不可惜，孩子又吹了一口。于是，又有无数五颜六色的泡泡飞起来。孩子仍跟着跑，仍格格地笑着。

后来，孩子就看见歌手了。

其实，孩子一到堤上来，就看见歌手了。那时候，孩子没注意歌手，但歌手一直一动不动地站在水边，孩子就把她注意上了。孩子走到了歌手身边，默默地站了一会，孩子开口了，说："阿姨，你为什么一直站在这儿呀？"

孩子又说："阿姨是不是想不开呀？只有想不开的人，才会一直发呆。"

孩子还说："阿姨你为什么想不开呢，能告诉我吗？"

歌手看了看孩子，她觉得这个孩子非常可爱。于是歌手有了想跟孩子说话的欲望了，歌手说："我是个歌手，可是我现在不能唱歌了，你说我活着还有什么意思？"

孩子看着歌手，没接嘴，只吹了一口泡泡。立即，无数泡泡飞了起来。孩子看着泡泡，开口了，孩子说："阿姨，我不会唱歌，但我吹的泡泡好美好美，你唱的歌也跟我的泡泡一样美吗？"

歌手点点头。

孩子便把手里的瓶子递给歌手，说："阿姨也吹一下吧。"

歌手看着孩子，接过了瓶子。

孩子说："阿姨吹呀。"

歌手就吹了一口，立即，无数五颜六色的美丽泡泡飞了起来。孩子见了，就笑起来，孩子说："阿姨也会吹泡泡了。"

歌手说："这有什么用，转眼，这些泡泡就会消失。"

孩子说："不要紧呀，这些泡泡再短暂，它也美丽过呀。"

歌手觉得这孩子说的话很有意思，歌手说："你怎么这么会说话呀？"

孩子说："我老师这么说的。"

说着，孩子又看着歌手说："吹呀，你再吹。"

歌手又吹了一口。

无数的泡泡飞了起来，阳光下，每个泡泡都五颜六色，十分美丽。孩子又去追那些泡泡，还拉着歌手一起去。孩子仍然格格地笑着，整个河边都是孩子格格的笑声。

歌手后来再没到河边去，但歌手永远记得河边，记得那些美丽的泡泡和一个可爱的孩子。

艳艳的金银花

在我生命的字典里，"姐"，是一个最重要的字。

我出生那年，父母就离婚了，父母都没要我，把我扔给了姐。从我记事起，我只见过姐。当然，经常会有一个男的和女的来看我，我姐让我喊他们爸爸和妈妈。我喊过，但喊得很生硬，涩涩的，嘴里像在吃一个生柿子。但喊起姐来，我觉得很亲切，嘴里像吃了蜜一样，甜甜的。姐大我五岁，在我眼里，姐就是个大人了，也像大人一样高。看姐时，我总是仰着头。感觉起来，姐长得很漂亮，高高瘦瘦的，眉清目秀。姐喜欢金银花，总是在头上插一朵黄黄的金银花，这时候我觉得姐特别地漂亮。

因为我一生下来，父母就离婚了，所以有人说我命恶，克了父母。姐特别讨厌别人说这句话，不管是谁这样说，被姐听到了，她都会骂对方。记得我读二年级时，一伙同学起哄，他们一个人领头喊："一、二……"其他就接着叫："李子没爷娘……"一个人又领头喊："一、二……"其他人又接着叫："没爷娘的李子……"这些人一直骂到我家里，把我骂哭了。姐那时候从屋里出来了，她迅速冲过去，对那些同学拳打脚踢。有一个同学被姐打得鼻青脸肿。他父母后来过来打姐姐，我当时吓得只知道哭。但姐不怕他们，姐手里拿着柴刀，要跟他们拼命。见姐这个样子，他们便骂我姐母老虎，然后拉着儿子走了。

其实姐不是母老虎，姐平时很温和，见人总是笑嘻嘻的。姐很能干，她会做酒药，而且做的酒药很出名。村子里的人和附近许多村子里的人要酿酒，都来找姐买酒药。姐的酒药五分钱两个，一毛钱五个。对来买酒药的人，姐总是很耐心地告诉人家怎么酿酒，我到现在还记得姐温和的声音："一斤半米两个酒药，两斤米三个酒药，不要放多了，放多了酒就糙了。"重阳节前后，家家户户都酿酒。这个时候，村里村外都是酒香。闻着这些酒香，我觉得姐特别地能干。

姐事实上就能干，姐的酒药是用金银花做的，夏天的时候，金银花开了。我们村里村外的路边以及河傍溪间，都开满了黄黄白白的金银花，一团团一簇簇，煞是好看。姐这时候必定会出现在金银花里。姐很认真地采着这些花，还会把一些黄黄的花儿插在头上。有一天，姐穿着一身碎花衣裳，那花的颜色也是黄黄白白的，姐头上又插着花，远远看去，姐也是一簇金银花了。

我中学毕业后，姐把我送到一个远房亲戚那儿，让我在那儿读高中。那地方叫临川，离我家很远。我坐了一天的汽车，又坐了一天的火车，才到。开始，我不知道姐为什么要把我送到这么远的地方来读书，姐送我走的时候，我还赖着不走，我舍不得离开姐。但姐没妥协，硬是把我拉走了。姐这时还比我高出半个头，她拉着我走，我不得不走。

我读书的学校叫临川二中，是一所很著名的学校。在这儿读了一年，我才明白姐姐的良苦用心。这年，临川二中考取了很多大学生，清华北大都有。这还不明白吗，我的姐，她希望我也考取一所好大学。

在这里，我再也见不到姐了，姐天天都在我的想念里。

我时常会想起姐，我会想象我姐又在采着那些金银花。姐头上一定还插着一朵黄黄的花，身上，一定穿着那件碎花衬衫。渐渐地，这好看的碎花衬衫变成了一簇金银花了。我的姐，也就在我心里盛开如金银花了。这时候也是夏天，金银花应该开放了。有一天放学，没有课，我问一个同学哪里有金银花。可惜这同学不知道金银花是什么。我没有失望，一个人往乡下去。在一块河坡上，我看见了金银花了，黄黄白白的金银花满河滩开着。这天，我在那儿坐了很久，在这里，我觉得我见到姐了。

因为家离学校太远，我读高中的三年都没回过家。我想回去，但姐不同意，姐每次来信都让我在学校好好读书，不要来回奔波，影响功课。我的远房亲戚干脆告诉我，说我姐在农村，供我读书不容易，让我能省点就省点。我明白，再没跟姐提过要回去。

但我对姐的思念越来越强烈，很多时候，我会看着一些女老师发呆。我觉得她们像我姐。有一次是我们校长上课，我们校长也是个女的，我们喊她花校长。我觉得这花校长特别像我姐，于是我上课时心不在焉，老是看着她。花校长后来看着我，问我说："李子同学，你看着我干什么，我讲错了什么吗？"我慌忙摇头，我说："你没讲错，是你特别像我姐。"

真的，在好长一段时间里，我觉得好多人都像我姐。一次走在街上，我又看见一个女的像我姐，我跟了她好长一段路。后来，那女的发现我了，她很生气，凶着我说："你跟着我干什么？"

我轻轻地说了一句话，她就不生气了，我说："你很像我姐，我有两年多没看见她了。"停顿了一会儿，我又补充了一句："不过，你长得没有我姐姐高。"

她笑了，跟我说："那你姐姐一定很高。"

我点头，说："不错，我姐姐很高，比我高半个头，而你却跟我一样高。"

这个像我姐一样的人，被我说笑了。

读高中的三年，我一直都觉得我姐个子很高。姐比我高出半个头，当然很高。一次有个同学问："你姐真比你高出半个头吗？"我说："当然。"同学说："那你姐可以去当篮球运动员了。"我大吃一惊，说："你怎么会这样说呢？"同学说："你都这么高，你姐还比你高出半个头，那不更高吗，一个女的，这么高，不是可以当篮球运动员吗。"我不停地点头，过后，竟然写了封信给姐，跟姐说姐你那么高，可以去当篮球运动员。但不知为什么，姐没回信，不知她收没收到这封信。

在觉得姐很高时，我还觉得姐很漂亮。姐高挑个子，眉清目秀，当然很漂亮。为此，见到一些漂亮的女孩，我也会多看人家几眼，我觉得，我的姐，也一定像她们一样漂亮。

2003年我参加了高考，我考得很好，我知道自己一定能考取大学。考完，我急不可耐地想回家了，想见到我三年没见的姐。在车站，姐来接我，当她喊着我的名字时，我却没认出她是我姐。在我的想象里，姐又高又漂亮，但这个喊我的人，却又矮又小。我在她喊我时，一双眼到处看，想看到来接我的姐。

但车站没有第二个人。

我的姐仍然喊着我，我便说："你是?"姐说："我是你姐呀!"我有那么几秒钟呆在那里，但后来我明白了，这就是我姐，生在农村、长在农村、一直为我操劳的姐。姐看见我认出她来，笑了，开玩笑说："在城里读了三年书，不认识姐啦?"

我说："姐不是比我高出半个头吗?"

姐又笑着说："傻瓜，你长高了呀，我还能比你高出半个头?"

我没笑，看着又小又矮一脸疲惫的姐，我眼里贮满了泪水。

又是夏天，金银花开了。我在第二天拉着姐去采金银花，河边路旁，一簇簇的金银花艳艳地开着。我跑过去，摘了一朵最艳的，戴在姐的头上。

在我心里，姐永远是一朵艳艳的金银花。

岭下芦花白

小芦高中毕业没考取大学，要到岭下去办幼儿园。

小芦其实可以不去岭下办幼儿园，她可以在城里的公司当文秘，也可以到大型超市当营业员，城里还有很多工厂，小芦都可以去。但小芦哪儿都不想去，只想去岭下外婆家办幼儿园。

有人不解，包括小芦的外婆，都说："小芦，你读了书，怎么还往乡下跑呢?"小芦说："我本来就是芦呀，芦只有在岭下才能生长得好。"小芦说这话时，正是芦花开的季节，小芦眼里白茫茫的芦花开遍了岭上岭下，一片雪白。小芦喜欢这片洁白，这正是小芦要到岭下外婆家来办幼儿园的一个原因。当然，促使小芦下定决心的还有一个原因，小芦每年寒暑假都会到外婆家来玩，她看见乡下的孩子在读书前都是到处玩，岭上岭下，芦花丛里，人都玩疯了。小芦就想，如果在这里办一个幼儿园，让孩子受到学前教育，可以开启孩子的智力，将来让更多的孩子考上大学。这个想法一直装在小芦心里，所以当小芦得知自己没考取大学时，小芦并没有特别地难过。父母问她有什么打算，小芦说："我到岭下去办幼儿园。"父母以为小芦开玩笑，但小芦是认真的。

这年芦花飘飞的日子，小芦也飘到岭下了。

很快，小芦的幼儿园办了起来。小芦办的幼儿园叫小博士幼儿园。但情况却没有小芦想象的那么好。幼儿园办了好几天了，还没有一家人把孩子送来。小芦就想，也许村里人还不知道她办了幼儿园，于是小芦又一户一户去动员人家。但也是效果甚微，忙了一个多礼拜，才有三户人家把孩子放过来。

小芦不知道这是为什么。

其实是人家不相信小芦。

小芦刚动念头到乡下来看房子时，村里人就很冷淡。后来，幼儿园办起来了，墙上写着小博士幼儿园。村民不解，都说一个自己都没考取大学的人，怎么能培养出小博士呢。小芦不知道村里人这么看她，仍一家一户去动员。这天，小芦又到了一户人家，人家对她还那样冷冷淡淡，跟小芦说："我们乡下孩子没有上幼儿园的习惯，还是让他待在家里吧。"

小芦说："正因为没有这个习惯，我才在这儿办幼儿园，我想改变这个习惯，让孩子受到良好的学前教育。"

人家回答小芦说："你们城里人受到良好的学前教育，怎么你也没考上大学呢？"

小芦没想过这个问题，她回答不出来。

小芦的幼儿园还是坚持办下去了，一直就那么四五个孩子。小芦对这些孩子很认真，总是用心地教他们识字，小小的幼儿园里总是传出孩子稚气的声音：

> 六月芦苇花，
> 岭下茫茫白。
> 春风吹不尽，
> 芦花满天飞。

在认真教孩子时，小芦自己也很努力。她把高中的课本都带来了，天天在幼儿园复习。村民的话像录了音一样，她时常会翻开来复读一遍：城里人受过良好的学前教育，怎么也考不上大学呢？小芦真的想再考一次，让村民相信学前教育对孩子还是有用的。

也是芦花飘飞的日子，小芦真的考取了大学。小芦走的时候，村民们都来送她。村民们现在很不好意思了，跟小芦说："小芦，读完四年大学你还会来吗？你再来，我们都把孩子交给你。"

小芦说："来，怎么不来，你没看见这岭下有遍地的芦花吗，我也是芦呀，我在这里，能生长得更好。"

其实没过四年，只过了几天，还是芦花茫茫白的时候，幼儿园就办起来了。

另一个女孩来了，也是高中毕业没考取大学的一个女孩。这回村民都把孩子放进了幼儿园，还说："小芦，我们把孩子交给你了。"

女孩说："你们叫我小芦？"

村民们也意识到叫错了，村民们说："你很像小芦。"

这回，幼儿园里有了很多孩子，每天，里面都传出孩子稚气的声音：

> 六月芦苇花，
> 岭下茫茫白。
> 春风吹不尽，
> 芦花满天飞。

岭上芒花美

青儿从抚州师专毕业后，分配到岭上小学做老师。岭上小学离我们抚州有七八十里，算得上是很偏僻的一个小学。青儿教了一个学期后，就不想待在那儿了。有一段时间，我整天看见她跑调动，好像都要调成了，但后来她又不调了。这段时间我很难见到她，她几乎一个学期都没回来，看来青儿喜欢岭上了，但青儿为什么会喜欢那儿呢？我不知道。

一天，我忽然接到青儿打来的电话，她让我去抚州新华书店帮她买一本小学第五册的语文课本。我答应了。随后，我把心里的疑问说了出来，我说你以前好像不喜欢那儿，总想调上来，现在你好像很喜欢那儿，为什么呢？青儿在电话里沉默了一会，跟我说："你看过芒花吗？那种金黄金黄的芒花。"我说："你不会因为芒花好看而喜欢上那儿吧。"青儿说："正是，我们这儿满山满岭都是芒花，无边无际，微风一吹，芒花满天，煞是好看。"

在青儿的描述中，一朵朵芒花就盛开在我眼前了。金黄的芒花，遍地都是，微风徐来，遍地摇曳着金黄。这景色的确美极了，难怪青儿会喜欢上那儿。

后来还见着青儿一次，那是春天开学的时候，她从岭上到抚州来调课本。在书店，我看见了她。她让我有空到她们岭上去玩，她说去看看芒花吧，遍地金黄，那才美呢。我说我查过字典，芒花在芒种后才开，现在才是早春，怎么就开了呢？青儿说我们那儿，一年四季都盛开着芒花，你来看看吧，美着呢。

我心动了。

在青儿开学后不久，我真去了一趟岭上，一路上都桃红柳绿。我想象着，在这桃红柳绿中夹杂着金黄的芒花，那是多么美好的景色呀。但随着汽车开近岭上，我失望了，我根本没看见芒花。

见着青儿时，我一脸的茫然。

青儿当然看出了我一脸的茫然，她说："我不是骗你，在我眼里，真的盛开着芒花。"

我说："你痴人说梦吧，这哪儿有一朵芒花？"

青儿把我拉了出去，在一条开满野花的小径上，青儿说："我跟你讲一个故事吧，等你听完我这个故事，你就会觉得你眼里盛开了金黄的芒花。"

青儿说着时，我们走近了一条小溪，潺潺的溪水像音乐一样动人。我们没再走，在那儿坐下来。在这儿，青儿的声音也像溪水一样潺潺流出：

"我们学校有一个老师，她十六岁初中毕业就在这里教书，当时满脸稚气，现在却满头花白。在我们岭上，每个人都叫这位老师为芒老师。其实，芒老师不姓芒，好像百家姓里也没这个姓。芒老师姓张，但真正知道芒老师姓张的人很少，你知道这是为什么吗？"

我只有摇头的份。

从很多年前开始，芒老师一到芒花开了，就要拿着镰刀在山间溪傍割芒。乡下人家穷，很多人家因为穷，不让孩子上学。为了提高失学率，芒老师从芒花一开，就起早摸黑地割着芒，然后把那些芒扎成扫把，挑到青泥镇上卖。听人说，最初，一把扫把只卖五分钱。为了赚这五分钱，芒老师要花费多少心血呀，要在蔷薇和荆棘里一根一根把芒割起来，然后把芒一根一根抽出来，再一把一把扎成扫把，挑去卖。现在，一把扫把能卖五角钱，这对资助失学儿童来说，是一笔不小的收入。学校统计过，二十多年来，芒老师扎扫把卖的钱，至少资助过 30 个失学儿童。

我这时候插嘴了，我说这么好的老师，我想见见她。

你见不到她了，青儿眼睛湿湿地潮了，不敢看我。

为什么？我又是一脸的茫然。

青儿的声音又像潺潺的溪水一样流了出来：

"我一开始就不愿待在这里，教了一个学期后，我就不想教了，想调走。第二个学期，我就在暗暗地办调动。记得当时有一关遇到麻烦，我心里不好受，那天上课，我无缘无故地跟孩子们发火。一个叫麦子的孩子上课说话，我叫她做题，她做不出来。我当时很恼火，竟把她的书撕了。麦子家里穷，还欠着学费。书一撕，就走了，第二天也不来了。芒老师见麦子没来，第三天自己掏钱为她买了书，然后去了麦子家里，要劝说麦子的父母让麦子来上课。那也是一个芒花盛开的日子，芒老师走到麦子他们村时，正看见麦子和他父母在一个山坡上割芒。芒老师见了，拿起镰刀就帮他们割起来。她边割边劝说两个大人让麦子去上课。不幸就在这时发生了，一条蛇在芒老师手指上咬了一口。芒老师竟没察觉，以为是镰刀割破了手指。到察觉时，手指已肿得很大了，等麦子的父母背她去医院时，她已昏倒了，从此永远都没醒来。我好恨自己呀，这都是我惹的祸。在芒老师的葬礼上，我一直跪着，勾着头。但当我抬起头时，我忽然发现，我眼里的芒花那么美，那么妖娆，那么灿烂。"

说到这里，青儿眼里涌出了泪水。

我也潸然泪下，泪眼朦胧中，我忽然看见了芒花，遍地都是芒花，无边无际。

直到现在，我眼里的芒花也没消失。每当我走在乡间，当我看到飘着红旗的学校时，我眼里，就拂来一阵轻风，在风里，金黄的芒花随风摇曳，好美好美……

女孩与树

其实柳树也像一个人。

柳树像一个女孩。

有一个女孩，就是这样想的。柳树在一口水塘边长着，孤零零的。女孩总从柳树边经过。在柳树跟前，女孩会站下来，痴痴地看着。有一天，女孩便看出来，觉得柳树像一个人，像一个女孩。女孩很高兴自己有这么美好的一个想法，女孩扑哧一声笑了。笑着时，女孩跟柳树说："你也像一个人哩，像一个女孩。"

柳树听懂了女孩的话，柳树轻轻摆动着柳枝，很高兴。

女孩又说："你看，你多美，难怪我们很多人都说你婀娜多姿。"

柳树更高兴了，把柳枝拂在女孩脸上，还跟女孩说："其实你更美，**婀娜多姿**就是形容你这样的女孩的。"

女孩好像听懂了柳树的声音，女孩伸手，轻轻地捉住一根柳枝，在手里摩挲着，女孩说："你不是一样吗，你就是女孩呀。"

女孩真是这样想的。女孩每次看见柳树，都觉得柳树是一个女孩，是一个修修长长的女孩，是一个苗苗条条的女孩，是一个婀娜多姿的女孩。只是女孩觉得这儿的柳树太少了，孤孤单单，只有一棵。一次女孩跟柳树说："这里怎么只有你一棵呢，你太孤单了。"

柳树听了，落泪了，她的泪是几片柳叶，柳树说："以前这里有几棵，两棵被人砍了，一棵被人折断了，现在，就留下我一棵了。"

女孩听懂了柳树的话，女孩有些伤心了，女孩沿着塘边看，果然看见几棵发黑的树桩，女孩便说："谁这么缺德呀。"

女孩的神态让柳树感动，柳树又摇动着柳枝，拂在女孩脸上。

一天，女孩从柳树跟前经过，看见一个人站在柳树下，一个女人。女孩走近了，看见女人泪流满面。女孩于是问女人说："阿姨为什么伤心呢？"

女人抹了一把眼泪，说："我觉得我是一棵柳哩。"

女孩说："你觉得你是一棵柳，我倒觉得柳是一个人。"

女人说："一样的，柳就是人，人就是柳。"

女孩说："像柳不好吗？你看，柳多好看，婀娜多姿的。"

女人说："我给你念一首词吧，'莫攀我，攀我太心偏，我是曲江临池柳，这人折来那人攀，恩爱一时间'。"

女孩迷惑地看着女人，没听懂。

女人说："这是一首敦煌词，说妓女像柳树一样，这人折来那人攀，我现在就这样，谁都可以折也可以攀。"

女孩听懂了，女孩说："你别做了，就没人折没人攀了。"

女人说："我其实也不想做，但我父亲病着，一个弟弟和一个妹妹在上大学，我不做，他们就上不起大学。"

女孩有些感动了，本来女孩讨厌这种女人，但现在，女孩一点也不讨厌身边的女人。

同样感动的还有柳树，她们的话她都听到了，柳树又流泪了，哗哗地把一片又一片柳叶落进水塘里。

又一天，女孩看见一个小孩在柳树下折柳枝，女孩赶紧跑过去，女孩大声跟孩子说："不准折。"

女孩几乎把孩子吓住了。

女孩也意识到自己的声音太大了，女孩把声音柔下来，说："柳树也像一个人，你折她的枝条，就是折她的手臂，她会很疼的。"

孩子明白了，知道做错了事，说："我不折了。"

柳树也听到孩子的声音，柳树又伸出她柔软的枝条，在孩子脸上抚摸着。

这后来的一天，最悲惨的事发生了，柳树被人砍了。女孩一见，就哭了。女孩大声地哭着，不停地哭着。眼里的泪水像珍珠一样，一串一串地往下掉。柳树见了，想伸出手为女孩揩眼泪。但柳树已无力伸出手来，柳树也哭了，柳叶哗哗地落了一地。

一个男孩走来，男孩看着女孩说："你哭什么呀？"

女孩说："柳树被人砍了。"

男孩怔了怔，但很快反应过来。男孩于是折起柳枝来，一根一根把柳枝折下，攥在手里。女孩见了，凶着男孩说："你做什么，你还不嫌柳树悲惨吗？"

男孩仍折着，但跟女孩说："你没听说过'无心插柳柳成荫'这句话吗？我们把柳枝插下，她会活的。"

女孩明白了，女孩抹了抹眼泪，跟着男孩一起折着柳枝。

随后，他们在塘边插满了柳枝。

这些柳枝，在来年的春天真的萌发了，吐出了绿绿的新芽。

和柳枝一起萌发的，还有女孩和男孩的爱情。

爱的冬天不会有寒冷

她大学毕业后去贵州玩了一次。她家庭条件好，工作又落实了，是在抚州一所重点中学教书。她想趁上班前，到外面玩一下，于是就来到了贵州。在看了黄果树瀑布后，第二天她又坐车去往一个苗寨。根据旅行社的安排，她们要到一个苗寨领略苗族风情。

坐了四五个小时的车，到了。在苗寨里，她听到一个女孩唱歌。女孩十一二岁的样子，歌唱得非常好，她觉得简直是天籁之音。随后女孩又跳起舞来，她觉得女孩的舞也跳得好，舞姿非常优雅，举手投足都给人一种美感。女孩唱完歌跳完舞，她跟女孩说起话来。当然是她问女孩，她问女孩："你的歌唱得非常动听，谁教你的?"

女孩说："没人教我。"

她又问："读书了吗?"

女孩说："没读。"

她再问："为什么不读书?"

女孩说："没钱。"

她为女孩可惜，在可惜女孩时，她甚至做了一个决定，女孩长得非常好，又会唱歌，又会跳舞，她想以后每月给女孩寄钱，让女孩读书，把这个女孩培养出来。出于这个想法，她问了女孩的名字和住址。在接下来的旅游中，村里为她们举行了一场演出。演出时，她看见村里个个女孩都像那个女孩一样漂亮，甚至比那个女孩还要漂亮，而且也会唱歌、会跳舞，歌声如天籁一般，舞姿也非常漂亮优雅。她问了问当地人，知道她们大都没读书。她就难受起来，为她们可惜。她很想帮她们，但她不可能给每个女孩都寄钱，她没这个能力。但她还是想帮助她们。在随后的旅行里，她心里一直装着那些女孩，一路风光如画，她却无心领略。

回来后，她改变了决定，她不想给那个苗族女孩寄钱了，她决定自己去苗寨。她打听清楚了，苗寨原先有一所学校，开始有几个老师，后来走了，只剩下一个老师。再后来，那个老师也走了。老师走了，学生就上不了课。为此，苗寨那些孩子都没上学。她决定到苗寨去，把学校办起来，让孩子上学。

她的决定遭到了所有人的反对，她的父母，她的老师、同学和好友，都反对。但谁反对也没有用，她做的决定，没人说服得了，她真的来到了苗寨。

她的父母尽管反对她去贵州，但女儿一旦去了，他们又非常牵挂她。此后，贵州电视台是她们必看的节目，尤其是天气预报，她们更是天天看。转眼到冬天了，当看到黔北气温总在零下时，他们非常怕女儿冷着。为此，他们总给女儿打电话，一通话就问："你那儿气温总在零下，你是不是很冷呀？"

女儿说："不冷。"

他们说："零下的气温，怎么会不冷呢？"

女儿说："不冷，真的不冷。"

尽管女儿说不冷，他们还是牵挂着女儿，经常为女儿寄衣服，一包又一包。

她把这些衣服都给了苗寨的女孩穿。

这后来的一天，一个记者来采访她。那天很冷，但她身上并没穿多少衣服，记者便说她是抚州长大的，那里不是很冷，而这里气候阴冷潮湿，记者问她冷不冷。她笑笑说不冷。记者问真的不冷吗？她说不冷，真的不冷，一点都不冷。

　　记者走时，让她站在学生中间，给她拍了一张照。

　　不久，记者把这张照片寄给了她，在照片下面，记者写了一行字：

　　爱的冬天不会有寒冷。

　　她把这张照片寄给了父母。

希望就是一个红气球

已经是很多年前的事了。那年，我下岗了，当时下岗还是一件新鲜事。不像现在，谁也不会对下岗大惊小怪。有好长一段时间，我都不能接受下岗这个事实。我不敢把这事告诉丈夫和孩子。我依然每天出门，做出去上班的样子。但我又没地方可去，我只能这里走走，那里走走。

有一天，我来到了抚河边。也许有人会觉得，我想不开了，才到河边来。不是这样，我还没到想不开的程度。我到河边来，是因为河滩上高高矮矮长着许多树，在太阳下，这些树会给我撑起一片绿荫。再说我也没地方好去，那些高高矮矮的树下是我歇脚的好地方。

有好多天，我都坐在那些树下，愁眉不展。

一天，我看见有人在河边放牛。开始，我只看见一个孩子。孩子五六岁的样子，满河滩跑着。接着，我看见一个女人。我看不出女人有多大的年纪，但看得出女人穿得很旧，身上的衣服到处打着补丁。接着我看见一个男人，半躺在一棵树下。

女人也坐在树下，很认真地补衣服。但女人看见孩子走远了，会喊起来，女人说："小亚，不要到水边去。"我还听见女人问男人，说："渴不渴，渴了喝点水。"后来牛走远了，女人去牵牛回来。我看见女人很瘦小，走起路来一跛一跛的。

有好几天，我都看见了他们。后来，我明白了，他们是一家三口。女人的丈夫从一个建筑工地上跌下来，瘫痪了。女人经常把他背到河边来，女人说让他出来透透气。连着好几天看见我，女人也注意上了我。女人有一次问我，她说："你不会想不开吧?"我摇摇头，说："还不至于。"

　　有一天，孩子看见天上飘着一个红气球。孩子欢呼起来，大声喊着说："妈妈，天上有一个红气球。"气球在河滩的上空飘飘扬扬，一会儿被风吹到这边，一会被风吹到那边。孩子便跟着气球满河滩跑。终于，气球跌落了，但跌在水里。孩子不敢下水，孩子又大声喊起来，说："妈妈，帮我捞气球。"

　　女人真过去了，捋起裤脚走下水去。水不是太深，女人没费什么力气，便把气球捞了起来。

　　这肯定是一个氢气球，在天上飘飘扬扬了好多天，气慢慢漏了，便掉了下来。女人捞起气球后，把里面的气放了，还用衣服把水揩干净。接着，女人把气球吹得很大。随后，女人用缝衣服的线扎好气球，并留了一根很长的线。孩子一直站在边上，女人绑好气球后，把气球给了孩子。孩子一接过来，便牵着气球到处跑。我看见随着孩子的跑动，气球升起在孩子的头上。孩子不时地抬头看着，格格地笑。

　　跟孩子一起笑的，还有女人。

　　我当时很感动，女人过得其实很艰难。她丈夫瘫痪了，自己也跛着一条腿。但女人没有放弃，那个升起在孩子头顶上的气球，就是女人放飞的希望。

　　这天离开后，我没再来，但那女人，我一直记着。那个红气球，也一直在我生命的天空里飘扬。

　　那是我的希望。

跟　踪

男人下岗后的第二天，一个女人就来找他了。女人是男人的同事，很早就下岗了，但对女人来说，下岗根本就是一件无所谓的事。女人的丈夫开了一家超市，是这座城市最大的一家超市。钱对女人来说也是一件无所谓的事，女人身上，从来就不缺钱。但女人也不是没有烦恼，女人最担心她的丈夫。丈夫是一家大型超市的老总，身价过千万，他相信一定有很多女人缠在丈夫身边。这事让女人很烦恼，为了把这事弄清楚，女人现在来找男人，她想让男人去跟踪她的丈夫。

女人见到男人，先没开口，而是把一叠钱递给男人。但男人没接，男人说："无功不受禄，我怎么会无缘无故拿你的钱呢。"女人笑了笑，跟男人说："我怎么会无缘无故给你钱呢，我当然有求于你。"女人于是跟男人说，想让他跟踪她丈夫。男人根本就不想做这样的事，但女人一直求他，男人心软，况且他下岗了，需要钱养家糊口。为此，男人同意了。

男人才下岗，但很快又上岗了，尽管这事也算不得上岗，但能赚钱，男人就觉得是上岗了。

男人开始跟踪起女人的丈夫来。他每天都站在超市外面，男人出来，他就跟着，然后把情况告诉女人。但一连好多天，女人也没从男人那里得到一点有用的信息。男人总是告诉女人，说她丈夫从超市出来后，身边没有女人跟着，他车里也没坐过别的女人，更没带哪个女人去吃饭或开宾馆。女人不相信，有一天找到男人，瞪着男人说："你是不是拿了我的钱根本就没做事，也就是说你没跟着他？"

男人说："我很尽职的，每天都盯着他。"

女人说："那怎么一点状况也没有？"

男人说："事实上就没有状况嘛，我又不能无中生有。"

女人说："你继续给我跟踪，我就不相信没有状况。"

又跟踪了很久，还是没有状况。只有一次，男人看见一个女人单独坐进了女人丈夫的车里。男人立即告诉了女人。女人来劲了，让男人盯紧点，还说终于露马脚了。但结果还是让女人失望。那女人只是搭车，坐了一阵后就下车了，然后女人的丈夫就回家了。男人当然把这事告诉了女人。女人很不相信，不停地在电话里说，怎么可能呢，他这么成功，身价上千万，身边不可能没有别的女人。男人就劝起女人来，说跟踪了这么久，他确实没有状况，做妻子的要相信他。女人说，她相信自己的感觉，继续跟踪吧，别放着钱不赚。

男人还得继续跟踪。

但还是没有状况，女人的丈夫每天都很忙，坐车进进出出，但很少带哪个女人出去。男人很尽职，看见女人的丈夫出去，就跟着。这样就有一天，男人非但没有发现女人丈夫的状况，倒是自己出了状况。一天男人跟在女人丈夫后面，前面的车忽然停了。女人的丈夫下了车，他走到男人跟前，凶着他说："你在跟踪我？"

男人没想到自己的行踪被发现了，他一时反应不过来，不知道怎样回答。

女人的丈夫继续说："谁让你这么做的？"

男人没说，他觉得不能出卖女人。

女人的丈夫又说话了，他说："你不说我也知道，一定是我妻子让你这么做的。"

男人还是没说话，他不知道说什么好。

女人的丈夫接着说："你去告诉她，就说我身边天天都有女人，每天跟女人吃饭开房间，她既然不相信我，我就气气她，看她想闹出什么结果？"

男人这时开口了，说："我不能这么做。"

女人的丈夫说："那你去跟踪她，她不相信我，我也不相信她，只要你跟踪她，我给你更多的钱。"

说着，女人的丈夫拿出一沓钱来，递给男人。

男人说："我也不能这么做。"

说着，男人转身走了。

男人过后找到女人，告诉女人，他不会继续跟踪她丈夫了。女人眼睛睁得老大，看着男人说："为什么，是不是嫌钱少了？"

男人摇摇头，告诉女人说："你不应该跟踪他，而应该相信他。"

女人忽然就有些生气了，女人说："我明白了，你一定被他收买了，他给了你更多的钱？"

男人又摇头，男人说："我没有被他收买，这点请你放心。"

说着，男人又走了。

男人这一走，又让自己"下岗"了。

但几天后，男人又上岗了，男人在女人丈夫的超市里上岗。是女人和她的丈夫一起来找男人的，让他到超市里上班。这回，男人的工作还是跟踪。不过，现在他不是跟踪女人的丈夫。超市里每天都被偷走许多东西，男人在超市里跟踪那些不买东西、只用一双眼睛东张西望的人。

上班的第一天，男人就抓到十多个小偷。

年年岁岁茶花白

　　我在江西一所中学教过几年书。那所中学在一个山坡上，山坡有一个极好听的名字，叫茶花岭。每年十月，茶花岭上开满了洁白的山茶花。茶花岭很大，远远看去，无边无际的茶花树一片黛青，它仿若一口湖，而灿灿开放的茶花，便是阳光下的粼粼波光了。

　　那是一个盛满茶花的日子。一天，一个男人骑着摩托车，带着一个女人来到了学校。他们把摩托车停好，携着手走。女人看样子不到三十岁，很美，但过于白净，脸上还挂着淡淡的忧愁。他们走到一幢楼房前，女人指着房子跟男人说："这就是我以前住的宿舍，我住在这边第一间，我的床靠窗，上铺。"说着，女人拉着男人走到窗口，探头探脑往里看。看了一会儿，女人拉着男人走到另一幢楼前。说："这幢是我们的教学楼，那边第一间是我的教室。"这时，女人脸上开始红润起来，神情也活跃了，脸上的忧愁也淡了许多。女人说："一晃就十多年了，但我忘不了这里，这儿好美，你说是吗？"说着，女人又拉着男人往学校的后岭上跑。女人气喘吁吁地指着漫山遍野的一片洁白说："我没骗你吧，这里漫山遍野都是茶花，名副其实的茶花岭，告诉你，这些茶花还有我栽的呢。"接着便听到男人的声音，男人说："当心身体。"

　　之后这个叫琴的女人还跟男人来过，也骑摩托车来。琴脸色还那样白，仍挂着淡淡的忧愁。他们这里看看，那里看看，最后总和男人隐没在后岭的茶花里。这天，我在后岭的水沟里洗菜，又听到他们的声音。男人说："怎么不见你认识的老师？"琴说："不知道，十多年了，或许他们调走了吧。"男人说："怎么会都调走呢？"琴说："也是，怎么一个熟人都见不到，不过我真有些怕见他们，在他们眼里，我一定是个坏女孩。"男人说："不会吧，都十多年了，他们也许早把你忘了。"接着我听到跑动的声音，男人的声音接着响起："慢点，当心身体。"

琴后来还来过几回，她好像特别喜欢这茶花岭，不然，她不会一次又一次地到这儿来。琴白净的脸上还是挂着淡淡的忧愁。一次，他们从茶花岭回来，在我家门前歇脚，我端了两条凳子，让琴和男人坐下。

原来琴十六岁那年，在这茶花岭的中学读初二。她的家在岗上蛟溪，距茶花岭二十多里。每个星期六，琴都要回家。二十多里刚好是半个下午的路程。琴放了学，四点钟往家赶，一路上翻山越岭，到家时，天就黑了。起先，琴总一个人走，后来，边上多了个男生，这是一个琴喜欢的男生。十六岁的琴已情窦初开了，她不仅喜欢茶花岭上洁白的茶花，也喜欢上这个男生了，有男生相伴回家，琴变成了一只快乐的小鸟。一天晚上，男生没送琴回家，而是把琴带回了自己的家。琴的母亲不见女儿回家，半夜找到了学校。一个同学告诉琴的母亲，说琴跟一个男生一起走了，她没回家，一定在男生家里。同学没说错，琴的母亲随后在几个学生和一个老师的带领下，在那个男生家里找到了琴。那天琴玩晚了，没法回家，只好与男生的妹妹挤了一夜。但是从此以后，琴和男生恋爱并住男生家的消息传遍了全校，琴的母亲在这以后不久，帮琴转了学。

"其实，我哪里是在恋爱呀？"琴这句话说得很重，"那时茶花岭上的一草一木我都喜欢，包括那个男孩，我喜欢跟他在一起，总被他吸引，但这不是爱，即使是爱，也很纯洁。"琴顿了顿，又说道："我当时肯定糟透了，一个读初二的女生就谈恋爱，在大家眼里一定是个坏女孩，是吗？"我看着琴，没做声。但另一个老师做声了，在琴娓娓诉说时，好多老师走来了，他们静静地听着。听见琴问我，一个老师开口了，老师说："不是，你不是一个坏女孩。"这个老师拉着琴的手，老师说："你就是琴呀，我都认不出来了，你像小时候一样漂亮。"老师还告诉琴："你母亲来给你转学，我还劝她别转。"听到这里，琴眼里忽然流出泪来。

这以后再也没有见到琴来，直到有一天，我忽然又看到了那个男人。男人是一个人来的，他看上去比上次老了很多。我问他："琴呢?"男人眼睛一红，落泪了。男人说："琴走了，离开了这个世界。"我一惊，说："这怎么可能?"男人说："我也希望不可能，但这是真的，琴很早就患了白血病，她说她离开这个世界前一定要到茶花岭看看，为此，我带她来了。"我说："现在琴走了，你还来做什么呢?"男人说："这儿真的很美，一花一草都很美，难怪琴会喜欢这个地方，琴喜欢的地方，我也喜欢，你相信吗，我还能在这里见到琴，琴喜欢这儿，她不会不来。"

男人说着，往后岭上去，他转身时，我看见他眼里贮满了泪水。

男人说对了，他能见到琴，莫说男人，就是我，也觉得还能见到琴。我在茶花岭上开满茶花的日子里，总觉得琴就在茶花岭上，那一蓬一蓬盛开的洁白的茶花，就是她绰绰约约的身影。

一个女孩的爱情

　　这是一个女孩的爱情故事。

　　女孩爱上了一个男孩，总去和男孩见面。但要见这一面很不容易，因为男孩和女孩不在同一个地方，他们相隔 400 多公里。女孩通常早上坐 7 点的班车出发，差不多晚上 7 点，才到男孩那儿。按说 400 多公里也用不了十多个小时，但路不好，一路颠颠簸簸的。因此，女孩要见男孩这一面很不容易。

　　爱情的力量是巨大的，女孩不畏艰辛，差不多每个双休日都去见男孩。但总是去也匆匆，回也匆匆。女孩每次只能和男孩在一起待一个晚上。第二天一早，女孩又得赶 7 点的班车回来。女孩和男孩所在的地方都是小县城，每天只有这一趟车往返。男孩和女孩再依依不舍也得分手，因为错过了早上 7 点那趟车，女孩便无法赶回去上班。女孩是个对工作十分认真的人，她不会也不想因为爱情而耽搁工作。

　　在好长一段时间里，女孩都这样，周六早上出去，周日晚上回来。两天里往返，要坐 20 多个小时的车，应该很累，但女孩不觉得累，她只觉得心里很甜蜜。

　　这个周六，女孩早上 7 点又上了车，往男孩那儿赶。但这一天很不顺，一路坏车。到晚上八点时，车彻底坏了，开不动了。这地方离男孩所在的县城还有 50 公里。司机把人带到路边的一家小饭馆，让大家在这里吃饭过夜。女孩不会在这里过夜，她吃过饭后独自上路了。女孩原本想在路上拦一辆车，但那时候车很少，女孩走了一夜，才看见几辆车经过。就是这几辆车，也没停，女孩没有如愿搭上车。

这样，女孩走了一夜，才到了。

女孩见到男孩时，已经是早上六点多了。女孩千辛万苦走了一夜，见到了男孩，却没有时间和男孩待在一起了，因为，女孩很快就得坐在返程的车上了。

上面这个爱情故事是小麦讲出来的，认识小麦的人，都听过这个故事。也就是说，小麦跟很多人讲过这个爱情故事，但绝大多数人对这个故事不以为然或不感兴趣。一次小麦讲给一个男孩听，那男孩听完，只说了一句：那女孩真傻。又一次，小麦也讲给一个男孩听，那男孩听完，仍说那女孩真傻。还有一次，小麦讲完后，一个男孩说，这是什么时候老掉牙的爱情故事呀，现在，绝没有这样傻的女孩。

小麦为此骂过人。

也有一次例外。

小麦那次讲完，听故事的男孩很感动。他说，那女孩真了不起，说后，男孩忽然很认真地看着小麦说："你认识那个女孩吗？"

小麦点点头。

男孩说："我很想见她，你能带我去吗？"

小麦又点点头。

小麦后来带男孩去了，但男孩并没见到那女孩。小麦告诉男孩，上面那个故事其实是一个作家虚构的小说，她不知道那个女孩是谁。因此，她没办法带男孩去见那个女孩。

男孩就有些失望了。

但小麦没让男孩失望，她说："你不是见到我了吗？"

男孩听明白了这句话的含义。

小麦就这样和男孩好上了，男孩长相一般，比不上小麦。有人便问小麦，为什么要找这样的男孩做男朋友。男孩自己也是这样认为的，有一天，男孩也问小麦为什么会选择他做男朋友。小麦笑着说："我觉得小说里的那个男孩，就是你。"

男孩也笑了，男孩说："小说里那个女孩，便是你。"

太阳花

张南的妻子很年轻，也很漂亮，但不知为什么，张南还是在外面跟一个女人好上了。这事，街上的人都知道，桐也知道。桐还是个少年，他一向觉得张南的妻子漂亮，在街上看见张南的妻子走出来，桐总会多看几眼。但有一天，桐听街上的人说，张南在外面有相好的。桐不相信，桐跟他们说："不会吧，他妻子那么漂亮，他怎么还会在外面跟别人好。"

"这是真的，千真万确的事。"人家说。

桐一脸的不解。

后来的一天，桐看见和张南相好的女人了。张南的妻子不在，他就把女人带来了。这个女人也漂亮，但桐觉得，这个女人太年轻了，怎么看，她都像个女孩。

桐后来经常看见这个女孩，有时候，是张南趁妻子不在，把她带来。有时候，是桐在外面碰见他们走在一起。桐每次看见他们，都觉得他们不应该在一起。桐好多次都看着张南，想跟他说："你妻子那么漂亮，你怎么还在外面跟人家女孩好呢？"但桐这话没说出口，他只是看着张南，在心里这么说。一次张南又带了女孩来，街上许多人都看着他们，桐在张南和女孩走后，问街上的邻居说："这事，他妻子知道吗？"

一个人回答说："全世界的人都知道了，但还有一个人不会知道，这个人就是张南的妻子。"

桐说："怎么不告诉他妻子呢？"

另一个人回答说："不能告诉她，女人知道了，会受到伤害的。"

桐说："可是，一直瞒着她，她也受到伤害呀。"

桐后来悄悄观察过张南的妻子，他深信这女人不知道自己的丈夫在外面有相好。桐经常看见女人在门口赏花，女人门口有一盆太阳花，每天都开出红的黄的白的紫的花来，女人总看着这些花。花很灿烂，女人一张脸也像花一样灿烂。桐知道，如果女人知道丈夫有相好的，她脸上不会像花一样灿烂。

不知为什么，桐还是想把这事告诉张南的妻子，他觉得女人知道了，就会制止张南，让张南中止和女孩的来往。

一次，桐又看见张南和女孩走在一起，张南见了桐，会笑一笑。女孩看见张南跟桐笑，也跟桐点点头。但桐却冷着一张脸，不怎么理他们。走开后，桐觉得不能让他们这样继续下去，他应该告诉张南的妻子，让她阻止他们。

桐真去了，往张南家走去，才走到门口，在那盆太阳花跟前，张南的妻子开门出来了。女人满脸笑容，像门口的太阳花一样灿烂。面对着这张脸，桐不敢开口了，桐觉得真让女人知道她丈夫有相好的，女人肯定会受不了。

桐突然觉得他应该中止自己的行为。

女人明显看出桐来找她有事，但桐又没开口，女人于是问桐说："有事吗？"

桐笑一笑，回答说："来看看这盆太阳花。"

桐还说："这盆花真好看。"

女人说："好看就剪几枝去插吧，这花很容易插活的。"

女人说着，真去屋里拿了剪刀出来，剪了几枝太阳花递给桐。

桐捧着花走了。

这后来，桐还是看见张南和女孩走在一起，桐真的不希望他们在一起，他很想拆散他们。

桐觉得他应该去找那女孩。

桐要见到女孩也不难，有一天走在街上，桐就碰见了女孩。

桐走近了女孩。

女孩对桐有些眼熟，见桐走近她，就说："有事吗？"

桐直截了当，说："你不应该跟张南好。"

女孩说："是张南的妻子让你来说的吗？"

桐说："不是。"

女孩说："那你怎么会来跟我说这事？"

桐说："我就觉得你不应该跟张南好。"

桐又说："你跟张南好，他妻子会受到伤害的。"

桐还说："你不是到过他们家吗，你看到他家门口那盆太阳花吗，那花开得好灿烂，张南的妻子，她脸上也像花一样灿烂。可是，如果她知道你们好，她脸上的笑容就会像花一样枯萎。"

女孩忽然笑了，说："你说的话真有意思。"

桐说："我是认真的。"

女孩说："我知道你是认真的。"

女孩说着，走起来，但桐还跟着她，桐说："我还没说完呢，你这么漂亮，你一定会有人喜欢的，你何必跟张南好呢？"

女孩说："你会喜欢我吗？"

桐说："如果我长大了，我一定会喜欢你。"

女孩又笑了，女孩说："你真可爱。"

说着，女孩走了。

过后，桐再没看见张南和女孩在一起。

但桐还是经常看得见张南，桐有时候看见张南和妻子走在一起，有时候看见张南在门口欣赏那盆太阳花。这时候，张南的妻子也会走出来，两个人一起赏花。桐离得远，但桐还是看得见，那花开得很灿烂。

桐这时就会看看自己门口的花，女人曾经剪了几枝花给桐，桐把它们插进花盆里，现在，这花也开了，在桐跟前灿烂着。

和这花一样灿烂的，还有桐的笑脸。

丢了爱情

　　男孩女孩的爱情总是在电话里进行，或者说男孩女孩总是在电话里谈情说爱。通常是男孩打女孩的电话。如果要说得准确一些，是男孩打女孩的手机。而男孩，使用的也是一部手机。男孩总是在晚上8点打电话给女孩，这是他们约好的。而女孩，在晚上8点之前，就会把自己关在屋子里，静静地等着男孩的电话。男孩把电话打过来后，他们就在电话里谈情说爱。他们总要说很久，半个小时、一个小时、两个小时甚至三个小时都有过。有时候打得手机没电了，才停止。

　　现在，差不多8点了，女孩在自己屋里等着男孩的电话。

　　8点整，女孩的手机响了。

　　女孩的手机是放在桌上的，手机一响，女孩急忙拿起手机。但打开一看，女孩失望了。女孩看见的，不是男孩的手机号码。女孩这时候只想接男孩的电话，其他任何电话都不想接。为此，女孩想也没想，就按了停止键。

　　片刻后，女孩的手机又响了。女孩以为是男孩的电话，但打开一看，仍不是男孩的电话，而是刚才那个电话号码。女孩这时候真的不想接别的电话，她怕接这个电话时，男孩的手机打不进来。基于这样的考虑，女孩毫不犹豫地按了停止键。

又是片刻后，女孩的手机再次响了。女孩一看，仍然不是男孩的电话号码，还是刚才那个号码。女孩仍没多想，手指轻轻一按，中止了手机的响声。

随后，有好长一段时间，女孩都没接到男孩打来的电话。女孩的手机倒是不停地响，但不是男孩的手机打来的，仍是那个号码。中间，也有几个别的号码，这些号码有手机的号码也有固定电话的号码，但女孩一律没接。女孩不知道男孩今天为什么没准时打电话过来，但女孩还在耐心等着男孩的电话。

可是，女孩一直都没接到男孩的电话。

女孩后来意识到不能等了，她应该打电话过去。女孩随后打了男孩的手机，但女孩听到自己手机里是忙音。女孩不知道男孩是关机了还是在跟别人通电话。女孩听着手机里的忙音，发起呆来。

女孩后来连着打了男孩的手机，但都是忙音。女孩很难过，她不知道男孩为什么没打电话过来，以往，男孩从来都不会失约的。

这个晚上，女孩是抱着手机睡的，女孩始终没睡着，她一直在等男孩的电话，但女孩没等到。女孩很想去找男孩，但男孩在另一座城市，尽管离得不远，只有 30 公里。但晚上没有车，女孩没办法去找男孩。

这是女孩最伤心的一个夜晚。没接到男孩的电话，女孩很难过、很伤心，女孩甚至流泪了，在床上哭泣着。

女孩第二天早上六点多出门了，她要去找男孩。但才走出来，女孩忽然看到男孩跑了过来，男孩跑到女孩跟前，开口说："你在家呀，我以为你丢了。"

女孩说："我怎么会丢了呢？"

男孩说："你没丢，怎么不接我的电话呢？"

女孩说："谁说我不接你的电话，我一直都在等你的电话，可是，你一直没给我打电话。"

男孩说："谁说我没打你的电话，我打了一个晚上了，你就是不接。"

女孩说："你打了我的手机，没有呀，我看了号码，没一个是你的手机号码。"

男孩说："我手机丢了，我是在电话亭打你手机的，后来还借朋友的手机打过来，你也不接。你不接我的电话，我真的以为你丢了，所以连夜骑自行车来找你。"

女孩说："你怎么不进来？"

男孩说："我来的时候已经是半夜了，我不敢惊动你。"

女孩说："你就在外面过了一夜？"

男孩点头。

女孩看了看男孩，忽然流泪了。

男孩说："你怎么哭了？"

女孩说："傻瓜，这还不知道吗？我感动！"

后来居上

　　苹大了，就有人催她找对象。苹一个高中的同学，就经常跟苹说："你快找个人嫁了吧，再不找，以后就嫁不出去了。"苹总说："我都不急，你急什么呀？"但有一天，苹不这么说了，苹跟同学说："这满街的男人，我会嫁不出去？"

　　苹说这话的时候，正和同学走在街上。街上来来往往，真的满街都是男人。苹的同学把这个男人看看，那个男人看看，然后说："那你看中了哪个呢？"

　　苹说："一个也看不中。"

　　苹说话时，一个男孩挽着一个女孩走了过来，苹的同学看了看他们，跟苹说："这个男孩倒不错，可惜让人捷足先登了。"

　　苹说："捷足先登怕什么，我想找他，肯定后来居上。"

　　同学说："吹牛吧，你有本事去找他呀？"

　　苹说："去就去。"

　　苹往他们跟前走去，苹看一眼女孩，又看一眼男孩，然后跟男孩说："她是谁？你怎么跟她在一起？"

　　男孩不认识苹，男孩甚至都没听明白苹说什么，只茫然地看着苹。

　　苹又跟男孩说："你告诉我，她是谁？你怎么跟她在一起？"

男孩这回听明白了，男孩说："你是谁呀？我不认识你。"

苹说："你不认识我，你现在居然装作不认识我？"

男孩说："小姐你认错人了吧，我真的不认识你。"

苹说："你是个骗子。"

苹说着，走了，一脸生气的样子。

苹虽然走了，但她无法从男孩女孩心里走出来。苹才走开，女孩就瞪着男孩说："她是谁？"

男孩说："我也不知道她是谁？"

女孩声音大起来，女孩说："你这话骗谁呢？你不知道她是谁，她会说你怎么跟我在一起？"

男孩说："我真不知道她是谁。"

女孩说："你别来这一套了，你在我跟前天天说怎么怎么喜欢我，暗地里却瞒着我跟别人好，你是个骗子。"

女孩说着，跑走了。

男孩当然去找过女孩，也打过电话，但女孩一直生着男孩的气。女孩每次见了男孩都说："你告诉我，她是谁？"

男孩说："我不知道她是谁。"

女孩生气的样子，女孩说："你还在骗我。"

男孩说："我没骗你，我真不知道她是谁。"

女孩有些绝望的样子，女孩说："我或许可以原谅你瞒着我跟那女孩好，但我绝不能原谅你到现在还在欺骗我。"

男孩说："你怎么就不相信我呢，你这么不相信我，我们以后还能在一起吗？"

女孩说："原形毕露了吧，你干脆说你外面有别人，要分手多好。"

男孩说："我真没想到你这样不讲道理。"

女孩说："我当然没那个女孩好。"

女孩说着，又走了。

男孩再去找女孩，女孩不见他了。打电话，女孩也不接。男孩没想到女孩这样蛮不讲理，他忽然觉得这样的女孩不适合自己了。为此，男孩后来再没去找女孩了。

　　毫无疑问，男孩女孩分手了。

　　这后来的一天，苹又看见男孩了。男孩当然也认出了苹，男孩于是气呼呼地看着苹说："你现在说说清楚，你那天有什么权力责问我，还说我是个骗子。"

　　苹一脸的不好意思，苹说："我那天认错人了。"

　　男孩说："你这一认错人，弄得我们都分手了。"

　　苹说："这样呀，那我向你道歉，对不起啦。"

　　男孩说："你现在道歉有什么用？"

　　苹说："那怎么办呢，要不……要不……我做你的女朋友吧？"

　　男孩便看着苹，好几秒后，男孩忽然笑了。

　　谁都知道，他们好上了。

飘香的爱情

我经常跟妻子提到小苹。

小苹以前和我住在一幢楼里，她比我大好多岁，我读高中的时候，她就结婚了，但一幢楼里的人都喊她小苹，我也跟着这样喊她。我跟妻子提到小苹时，总说小苹和她丈夫真是浪漫的一对。因为我这些话已说过好多回了，妻子知道我要说什么，但她从不打扰我，只看着我，期待的样子。我又说野栀子花你见过吗，一种很香的花。妻子说见过，白色的小花，真的很香。我说每年五六月的时候，我们城市四周的山上，就开遍了这种野栀子花，漫山遍野，花香袭人。小苹和她的丈夫在这个季节最喜欢到山上去，折那些野栀子花，回来后插在装满水的瓶子里。于是整个五六月份，他们屋里都弥漫着栀子花香，不要说进她屋里去，就是往门口走过，也香气扑鼻。说到这里，我会问妻子，我说你知道我们城市离那些山有多远吗？妻子说知道，不算远，只有二十几里，坐车十几分钟就到。我说现在交通方便了，二十里坐车一会儿就到，可那时不是这样，小苹和她丈夫总是骑自行车去，一去老半天，而且隔三差五就去一次，天天把栀子花折来，让他们的生活里充满了芳香。妻子说小苹他们确实很浪漫，会浪漫的人，一定是恩爱的人。我说确实是这样，他们很恩爱，走出来总手挽着手。他们骑车去外面折花，走在马路上时，总是男的骑在外面，时刻小心着来往的汽车，小心地护着小苹。夏天的时候，他们喜欢坐在一条凳子上，小苹手里的扇子，总帮丈夫扇着。妻子这时不说话，一脸羡慕。但有一天，妻子说话了，妻子说你天天跟我说这个小苹，倒让我想见见她了，我们去看看她吧，去看看这对整天在你嘴里提到的浪漫夫妻。

我欣然同意，带着妻子往小苹家去。

但小苹没在家里，她家的门关着，我们敲了好久，也没把门敲开。不过，虽然小苹不在，她家的门也关着，但我们还是闻到了屋里的栀子花香。是妻子先闻到的，她说我闻到栀子花香了，从门里飘出来的。我吸了吸鼻子，真的，我也闻到了淡淡的栀子花香。

闻着那股香味，我们竟舍不得走了，我们在门外站了好久，才离开。路上，妻子跟我说："现在山上栀子花开了吗？我们也去折些栀子花吧。"

我说："正是栀子花开的时节，山上应该是花开遍地了。"说着，心里也像有一朵花，在开着。

我们这天在山上折了好多好多的栀子花，把这些花插在装满水的瓶子里，我们的屋里也满屋飘香了。

过后，我们隔几天就上山一次，折一把栀子花来，然后插在屋里。

妻子一直记着浪漫的小苹，记着他们屋里的栀子花香。在我们屋里也总是飘着栀子花香的日子里，妻子总跟我说："难怪以前小苹他们会天天把花插在屋里，有花插着，生活都是香的。"

有一天，妻子还说："哪天我们再去看看那对浪漫的夫妻。"

我说："你现在已经很浪漫了，还要看他们呀？"

我们没去看小苹，但妻子还会提起她。一天她下班回来，跟我说她看见非常浪漫的一家三口，三个人骑着一辆三个人骑的自行车，男的有三十几岁了，骑在前面。骑在中间的肯定是他们的儿子，有十一二岁了。女的骑在后面，车上还插着刚折来的栀子花。妻子说他们是小苹一家吧，只有他们才这么浪漫。我说是他们吧，以前没有两个人骑的自行车，他们就各自骑着一辆自行车去山上折花，现在有了三个人一起骑的车子，他们还不一家三口浪漫地骑在一起呀。又有一次，我和妻子在外面散步，妻子也提到了小苹。妻子说我今天又看见两个人，一男一女，他们手里拿着一大把栀子花，有人向他们要，他们就给人家。妻子说他们很可能是小苹和她的丈夫吧。我还是点头。我说有可能，以前小苹他们从山上折了花来，有人问他们要，他们也总是给人家。我们说着话时，一辆自行车横冲直撞地骑了过来。我怕撞着妻子，急忙蹿到她前面，为她挡着，结果自行车撞在了我身上。

我看见妻子很感动。

时间在栀子飘香中过得很快，转眼，七月就过去了，山上再见不到栀子花了。我们在瓶子里的最后一把栀子花枯萎后，再折不到栀子花插在里面了。但有一天，一个朋友来玩，他进屋后使劲吸了吸鼻子，然后说："你屋里好像很香。"

"真的吗？"妻子说。

"真的，好像是栀子花香。"朋友说。

"还有栀子花香吗？"妻子说，然后笑起来，那笑着的脸，花开一样。

爱情麻雀

　　我经常在公园里看见一个男孩，男孩在公园里摆了个照相的摊子，为过往的游人照大头照。这个公园游人很少，我总看见男孩寂寞地坐在那儿。男孩很黑，也瘦，但不难看。大概是职业的缘故，我总是看见他冲过往的游人笑，有点傻的样子。

　　没想到的是，这个男孩有一天会跟我牵扯到一起。

　　有一天，我阿姨跟我打电话，说要给我介绍对象。在这个问题上，我阿姨好像比我父母还急，总说我年龄不小了，要帮我找对象。这天阿姨让我去见一个男孩。我没什么兴趣，说不去。阿姨听了，在电话那边说是一个好男孩，你不要错过。我还是不同意。阿姨便说要不你自己先去看一下吧，他在公园里摆了个照相的摊子。我一听笑了，我说这个人我早见过了。阿姨说你觉得怎么样？我说不怎么样，说着，我放了电话。

　　再见着男孩时，心里忍不住就想笑，这样就笑了出来。男孩见了，也笑，傻傻的样子，还说："照张大头照吧。"

　　我摇摇头，从他跟前走过去。

　　这后来的一天，我在公园的小树林里捉到一只麻雀。我一走进小树林，就看见那只麻雀。显然，这是一只学飞的小麻雀，它飞不高，只能一扑一扑地跳着飞几米远。我赶紧扑过去，追了十几米远，把麻雀捉到了。

捧着麻雀，我要离开公园。但走过那个男孩的照相摊时，男孩喊住了我，男孩说："你刚捉到的？"

我点点头。

男孩又说："你要带回家吗？"

我仍点头，还说："带回家养起来。"

男孩说："麻雀是养不活的，它不会吃不会喝，会饿死的。"

我没理男孩，要走。但男孩又说话了，男孩说："把你的麻雀给我，好吗？"

我说："给你，这怎么可能呢？"

说着，我又要走。男孩见了，急起来，说："把麻雀卖给我吧，我给你十块钱。"

我说："二十块钱，就卖给你。"我这样说，是不想卖。男孩不可能会用二十块钱买一只小小的麻雀。但我错了，男孩真拿出二十块钱。我这时又不想卖了，男孩看出我的犹豫，急忙把二十块钱塞在我手里。然后从我手里把麻雀"抢"了过去。

拿了麻雀后，男孩又问起我来，说："你这麻雀是从哪里捉到的？"

我说："你怎么这么啰唆。"

男孩说："我请你告诉我。"

我只好往那边小树林指了指。

男孩往那儿去了。

我不知道男孩要做什么，于是在后面跟着他。很快，结果出来了，男孩走进小树林，然后双手一放。我听到麻雀"叽"一声叫过后，飞到树上了。

这一刻，我"忽"地脸红了。

我随后匆匆离开了，当然，在经过男孩的照相摊时，我把二十块钱放下了。

也就在这天，我阿姨又给我打了电话，阿姨在电话里说："我又认识一个男孩，很优秀的，你去见一面吧。"

我回答得很干脆，我说："不需要了，我已经看上了一个男孩。"

阿姨说："谁呀？"

我说："我不告诉你。"

谁都知道，我看上的男孩是谁，就是公园那个摆照相摊的男孩。

不错，一个连麻雀都不忍伤害的人，我无论如何也不会错过。

恋爱的男孩

　　六月里的一天，我从东乡坐车去抚州。是个好天，窗外除了绿油油的禾苗外，一畦一畦的菜地里还有红的扁豆花，紫的茄子花，黄的苦瓜花。在明媚的阳光里，这些花儿热热闹闹地开放着，灿烂无比。还有白色的木槿花，在农家的房前屋后一蓬一蓬地盛开着，煞是好看。

　　车过虎墟，看见一男一女拉着手在路边等车。我靠着窗，在很远，我就看见他们，他们从一户也开满了木槿花的屋子里走出来，然后站在路边等着。车近了，女孩扬扬手。司机看出他们是要上车的，早把速度放慢了，在女孩一扬手时，车停在了他们跟前。随后，两人拉着手上车了。在车上，男孩跟女孩说："你下车吧"。男孩说着，很有些不舍地松开了女孩的手，女孩也有些不舍地下车了。司机在女孩下车后，哐一声把门关了。

　　男孩女孩的故事才刚刚开始，我靠着窗，看见女孩在车下一直挥着手。车开远了，女孩在我眼里只是一个点，但女孩的姿势没变。男孩呢，就在我跟前，我边上有一个空位，但男孩没坐。他站在我跟前，头靠着窗，一直往汽车后边看，也挥着手。汽车开远了，看不见女孩了，男孩的姿势也没变，有好久，男孩就那样站着，看着车后边。

　　我后来跟男孩笑了笑，我告诉男孩我旁边有空位子，让他坐。男孩也笑了笑，坐下了。但男孩不会呆坐着，时不时地，男孩会往窗外看，还那样往后边看，好像，他还能看见女孩。见男孩这样，我又跟他笑了笑，问了一句："你女朋友？"

男孩点头。

我说："看得出来，你们很相爱。"

男孩微微一笑，仍点头。

窗外不时地闪过一蓬一蓬地木槿花，每次，男孩都要探探头，盯着那些木槿花看。汽车开得很快，把木槿花抛远了，但男孩的目光会不依不饶地盯着那些远去的木槿花。

我在男孩身边，我发现了男孩这个动作，我仍跟男孩笑了笑，开口说："我发现你总是看着木槿花，是吗？"

男孩还是点头。

我说："你很喜欢木槿花？"

男孩这回开口了，说："槿儿家里就栽了木槿花。"

"槿儿就是你女朋友？"

"嗯。"

"难怪，你一看见木槿花就要探着头看，你是爱人及物呀。"

男孩说："我每次在外面看见木槿花都觉得亲切，就像看见了槿儿一样。"

男孩说着时，车停了，一个女人抱着一个孩子上车了。男孩见了，赶紧起身让座。女人看着男孩笑笑，说谢谢。男孩说不谢。说着，男孩站到车窗跟前了，像刚上车一样往窗外看。当然，是往后边看。

车开了一会，又停了。我探头一看，看见路边站着一个老人。

老人上车后，我起身了。

现在，车上站着我和男孩了，我们互相看看，笑了。

车过岗上积时，男孩身上的手机响了。男孩看了看号码，赶紧把手机往耳边放，满脸的甜蜜。

手机好像是男孩的女友打来的，他女友大概问他到哪儿了。男孩回答说到岗上积了。女孩大概又问男孩坐到座位没有。男孩说刚才坐到位子，但一个阿姨抱了孩子上来，就让给她坐了。这时女孩大概表扬了男孩，我看见男孩不好意思地笑笑，对着手机说："你也会这样做呀，你出来，不总是让座吗？我是跟你学的。"女孩可能还在夸男孩，我听到男孩说："长途也得让座呀，莫说我这么年轻，我边上一个叔叔，年纪比我大得多，他见一个老人上车，也让座了。"明显，男孩这是说我，我笑笑，在心里说："这是跟你学的。"接下来不知女孩说什么，大概交代男孩在外面要注意什么，但那段路不好，汽车开得又快，颠得很，噪音很响。男孩大概听不清楚，只说："车上很吵，我听不清你说话，听不清……"

车忽然慢了。

我看了看司机，看见他回头看了看男孩，一脸的笑意。

其实，车上所有的人都笑着看着男孩，在这个阳光灿烂的六月，一个恋爱的男孩，给一车的人都带来了好心情。

作家与警察

作家在学校门口摆了个摊子，卖些棒棒糖、果冻、牛肉干、画片等小玩意儿，都是些哄孩子的东西。其实，作家还有些名气，也能赚一些稿费。但作家的妻子没有工作，作家的女儿又在上学，作家的那点工资和稿费根本不够开支。为此，作家出来摆了个摊子。当然，说作家出来摆摊不完全准确。严格地说，是作家的妻子出来摆摊。作家的妻子没有工作，她摆个摊，可以给家庭创收。但作家的妻子不会一天到晚待在摊子上，比如快到中午的时候，作家的妻子要回家煮饭。还有，作家的妻子有时候要去进货。这时候，摊子就由作家守着。因此，说作家出来摆摊也不是完全没有根据。

这天，作家的妻子回家煮饭去了，摊子由作家守着。一个女孩走了过来，作家说买什么呀？女孩说买棒棒糖。说着，女孩递给作家一毛钱。作家忙不迭地给了女孩一根棒棒糖。女孩把糖纸剥了，含进了嘴里，走了。不一会儿，又一个人走了过来。作家那时候正低着头整理摊子，作家没抬头，只说买什么？但作家说过，没听到回声。作家便抬起头，要看看这个人是谁。但在作家抬头时，一个人飞起一脚，把作家的摊子踢飞了。

作家就火了，要发作。但头抬起来，作家看见了，站在跟前的是一个警察。作家于是不敢发火了。作家从小就怕警察，作家小时候哭闹，大人总说警察来了。作家一听警察来了，就不哭了。大了后，作家见了警察，也是避得远远的，有时候还不敢抬头。现在，一个穿制服的人站在跟前，作家分辨不出他是不是警察，但只要见到穿制服的人，作家都怕。现在，警察就站在他跟前，他怎么不怕，作家一点脾气都没有。但作家没有脾气，警察有脾气。警察凶神恶煞地凶着作家说："谁叫你在这儿摆摊？"

作家不敢吭声，只抱着摊子跑走了。

作家那摊子确实抱得走，作家摆的是一个小摊，一张对开报纸那么大，里面也没放多少东西。学校门口是不准摆摊的，尤其不准卖小吃之类，因为这些东西不卫生。但作家实在想不出他和他妻子还会做什么，所以还是出来摆了这样一个小摊。作家不指望赚很多钱，作家也知道自己赚不到很多钱，作家是个很有自知之明的人。

作家被踢摊后没有收摊，他等警察走了后，又摆了过去。作家现在很小心了，眼观六路、耳听八方，这些词完全可以用在作家身上了。不一会儿，作家的妻子来了，她来替作家，让作家回去吃饭。作家见了妻子，很认真地交代说："刚才警察来了，你小心点。"

妻子说："那你别走，在路口看着，警察来了，你叫一声。"

作家点点头，真站到路口去，在那儿守着。

结果这天作家饿了一中午的饭。

作家后来每天都在路口守着，也不是整天都守，就是快到中午学生放学的时候，这时候学生放学，会在校门口的摊子上买东西吃。警察当然明白这个情况，他们要保持学生身体健康，便经常出动，对学校门口的小摊小贩进行打击。但效果很差，作家就守在路口，那些警察作家早认识了，作家一看见警察，跑过来抱着摊子就跑。其他人看见作家抱了摊子跑，立即明白了，也抱着摊子跑，等警察到学校门口，那儿一个摊子也没有了。

当然，也有作家看走眼的时候，一回几个警察便装出来，作家没看出来。结果警察走到作家的摊子跟前，一脚就把作家的摊子踢飞了。那时候是作家的妻子守着摊子，摊子踢了，女人很伤心。女人在警察走了后骂起作家来，女人说："你站在那里是根木头呀，警察来了都不知道。"

别人也被踢了摊子，他们也说："是呀，你怎么跟木头一样。"

过后，作家更小心了，总是在路口东张西望。一次，作家远远地看见一个人穿了制服走来。作家二话不说，跑过来抱了摊子就跑。其他人看了，也跟着跑。但虚惊一场，那人根本不是警察，而是一个穿假制服的人。一伙人把摊子摆回来，然后骂作家说："你草木皆兵了，把我们吓得半死。"

作家也不吭声，只在那儿气喘吁吁。

这后来的一天，作家的女儿忽然上吐下泻。那是晚上，作家连夜把女儿往医院送。医生一看，就知道原因了。医生说："你女儿吃了坏东西，闹肚子。"

作家听了，便问女儿说："你在外面乱吃了什么？"

女儿想了想，回答说："我在学校门口买了牛肉干和果冻吃。"

医生说："就吃坏了这些东西，以后千万莫吃这些乱七八糟的东西。"

作家的女儿打了好几天点滴，花了作家好几百块钱，才好了。这几天，作家和他妻子没出摊，但女儿好了后，作家的妻子又抱了摊子要出去。作家在门口拦住了妻子，作家说："算了吧，我们不摆了。"

妻子说："为什么不摆？"

作家说："那些东西确实不卫生，别的孩子吃了，也要闹肚子。"

妻子说："可是不摆这个摊，你那点钱怎么够用？"

作家说："我们再去找别的事做吧。"

作家的妻子点了点头。

随后，作家和妻子出来了，他们想出去走一走，看看什么地方要不要招人。很快，他们走到学校门口了。在这儿，他们又看到一伙摆摊的人抱着东西东奔西蹿。作家这回没跑，他和他妻子就站在那儿。一个警察走了过来，警察认得他们，见他们没跑，就说："你怎么不跑？"

作家说："我们为什么要跑？"

警察习惯性地飞起一脚，可是，警察什么也没踢到，倒是用力过度，把自己踢得踉踉跄跄。

一只蜻蜓

　　一只蜻蜓跟着我们，船开出老远了，蜻蜓还跟着，在我们眼里翩翩起舞。

　　这个地方叫高坊水库，水域面积有 6000 亩，是我们抚州最大的水库之一。但当地人偏不叫它高坊水库，叫它白马湖。水库边上有一座山，叫白马山。山下的水库，便跟着被人叫成白马湖了。白马湖在崇山峻岭间，山上树木葱茏，青青翠翠，于是就惹来无数蜻蜓。船泊在湖边，我们看见满天都飞着蜻蜓，蔚为壮观。无数的蜻蜓甚至把一个太阳都遮挡了，在我们头顶撑出一片绿荫来。但船开了后，便没有蜻蜓跟着我们。只有这一只蜻蜓，对我们恋恋不舍，一直跟着。

　　船又开出了好远，离岸很远了，蜻蜓还跟着。但现在，蜻蜓不飞了，它伫立在一只铁锚的尖上。我们坐的是无篷船，蜻蜓没地方落脚，便停立在铁锚的尖上。

　　很明显，蜻蜓在歇息，蜻蜓不能永远飞下去，它也要歇息。

　　但很快，蜻蜓又从铁锚上飞了起来。这是一个大热天，气温至少在 35 度以上。船开着，我们还觉得热。那铁锚一直在太阳下炙烤，温度肯定更高，蜻蜓也是怕烫的，它不可能在上面伫立很久，它只有飞起来。

　　随后好久，蜻蜓一直飞着，一会儿远，一会儿近。有那么一阵子，我没看到蜻蜓。远处是岸，大概蜻蜓往岸边飞去了，去和它的同伴汇合了。但没有，也就是那么一眨眼的工夫，我又看见蜻蜓了，它又伫立在铁锚上。

蜻蜓又在歇息。

但蜻蜓没在铁锚上歇息多久，很快，蜻蜓再次飞起来。这次，我看见蜻蜓一直往远处飞。开始，我还看得见它，看见它翩跹而优雅地飞着。渐飞渐远，我就看不见它了。这以后，好久没看到蜻蜓。但岸离得远，隐隐约约在我的视线里。这么远，蜻蜓飞得过去吗？它会不会因为太累了而跌进水里？倘若跌进水里，它将永远飞不起来了。想到这里，我心里一紧，倒希望再看到蜻蜓。

真看到了，蜻蜓不知什么时候飞回来了，再次伫立在铁锚尖上歇息。

我的同伴没发现这只蜻蜓，一伙人正兴致盎然地看着远处的白马山。山很高，真的像一只马。云缠雾绕中，一只马恍惚在天上奔腾。终于，有人把眼睛离开了白马山。随即，这人发现了在铁锚尖上伫立的蜻蜓，这人叫一声说："有一只蜻蜓。"

我说："它一直跟着我们。"

说话间，蜻蜓又飞了起来，在我们眼前翩跹着。我们一行人看着它，渐渐地，蜻蜓又飞远了，飞出了我们的视线。但不久，它又飞了回来，仍伫立在铁锚上。铁锚可能太热了，蜻蜓在上面站了一会儿，又飞了起来，往远处飞。但它飞不远，过了一会儿，又飞了回来，依然站在铁锚上。如此反反复复，就让我们为它的命运担忧起来。一个同伴在蜻蜓再次飞起来后看着我说："这里离岸太远，蜻蜓飞不过去。"

我说："如果飞得过去，它早就飞走了。"

这次，蜻蜓没有再回来。我们一行几个人，都睁大眼，想看见蜻蜓翩跹着飞回来。但没有，蜻蜓一直没有回来。"飞鸟没何处，青山空向人。"在这里，应该是"蜻蜓没何处，青山空向人"。我们面对着青山，伫立在船上。许久，一个人开口了，这个人说："这次蜻蜓是飞到岸边去了，还是落进水里了？"

我说："我们想象它飞到了岸边，它就飞到岸边了。"

同伴没做声，仍睁大眼睛到处看着。

不久，我们的船离岸近了，在岸边，我们又看到蜻蜓了，满天都飞着蜻蜓，蔚为壮观。无数的蜻蜓甚至把一个太阳都遮挡了，在我们头顶撑出一片绿荫来。忽然，在无数的蜻蜓中，我看见了一个女孩。女孩在岸上跑着，追逐着蜻蜓。女孩轻盈的姿态，也像一只蜻蜓。不，女孩就是一只蜻蜓，一只在生活的湖泊里飞着的蜻蜓。生活的湖泊浩瀚无边，这只蜻蜓将翩跹着飞一辈子。

船靠岸时，女孩不跑了，只看着我们。

卧看牵牛织女星

那年我考取杭州一所大学，父亲带我去学校报到，办完手续天就黑了，父亲想坐夜间的火车回家。我没让父亲走，上有天堂，下有苏杭，父亲为了我读书，没日没夜地忙碌着，现在出来了，他怎么也应该玩两天。父亲也是喜欢杭州这座城市的，我接到通知书后，父亲总跟我说杭州是座好城市，"欲把西湖比西子，淡妆浓抹总相宜"。这诗，父亲不知给我念了多少遍了。经不住我左劝右劝，父亲依了我，但他只同意在杭州玩一天。

这晚父亲得住旅馆了，父亲把我安置好，就走了，跟我说他去找旅馆住。但我在父亲走了后，一直觉得父亲不会去住旅馆。我们家很穷，我读书的钱，有一半是借的。父亲平时很节俭，从不乱用一分钱，他怎么可能花钱去住旅馆呢？

我的想法没错，我后来去了火车站，果然在车站看见了父亲。大概是没有车票，父亲连候车室也进不去，只在火车站门口的台阶上坐着。我看见他的时候，他正仰着头看着天上。我不声不响地坐在父亲身边，父亲开始没有发现我，等发现了，父亲有些不好意思了。但父亲很快笑了起来，父亲说我觉得坐在这儿坐一夜更有意思，你看，秋高气爽，满天的星星，月亮分外明亮，还有，你看，那是牛郎星，那是织女星。我看着父亲，眼圈红红的，我在心里说父亲你哪里是想看星星呀，你是舍不得花钱住旅馆。但我没有这样说出来，我只跟父亲说我陪你看星星吧，我也是喜欢星星的。

这晚，我和父亲一直坐在火车站门口的台阶上，我们都抬着头，往天上看。后来，父亲就提议我们各背一首诗，诗里要有牛郎星织女星。我先背起来："银烛秋光冷画屏，轻罗小扇扑流萤，天阶夜色凉如水，卧看牵牛织女星。"父亲则背道："九曲黄河万里沙，浪淘风簸自天涯，如今直上银河去，同到牵牛织女家。"随后，父亲又提议我们念一些与月有关的诗句，父亲先说道："月下飞天镜，云生结海楼。"我说："海上生明月，天涯共此时。"父亲说："野旷天低树，江清月近人。"我说："明月隐高树，长河没晓天。"说着说着，我倦了，睡着了。到我醒来，天已蒙蒙亮了，父亲的一件外套盖在我身上，而父亲，却蜷着身子坐在我边上。

这是一个我终生都不会忘记的晚上，我父亲那蜷着身子的样子，后来每每出现在我眼前，这是我心里最美好的父亲形象，我以为。

一晃很多年过去了，我女儿也考取了南京的一所大学。把女儿送到学校，报了到，安置好女儿，天也晚了。

毫无疑问，我要在南京滞留。女儿说南京是值得一玩的城市，何况，女儿入学还有一些手续没办完，我最少得在南京住一夜。

晚上，我也去了车站。按说，在宾馆住一两晚我还消费得起，但秉承了父亲节俭的天性，我竟舍不得花那么一百块或几十块钱去住宾馆。这样，火车站便是我最好的去处了。

也是个秋夜，风清月白，繁星闪烁。我仰着头，看天上的明月，看天上的星星，看牛郎，看织女。遥想父亲当年也这样在车站外面坐着，心里竟生出一种做父亲的自豪来。

忽然手机响了。

女儿打来的，才把手机放在耳边，就听到女儿说："爸，你不会在火车站过夜吧？"

"哪能呢？"我说。

"那你告诉我，你住在哪家宾馆？"

我前面不远是石头城饭店，那美丽的霓虹灯就闪烁在我眼前，我随口答道："石头城饭店。"

　　"真的吗？你一定要住宾馆呀，天冷了，外面凉。"女儿说。

　　"是住了呀。"我还在撒谎。

　　这个晚上，我一直坐在火车站外面的台阶上。不仅仅是为了省钱，我觉得在这儿坐着很好。真的，在这儿坐着，一种很美很美的感觉在我心里弥漫。"天阶夜色凉如水，卧看牵牛织女星。"多美好的夜晚呀。

　　和我一样在这儿坐着的，还有许许多多的人。我明白，他们也是像我一样的父亲。

火　车

　　两个向往新生活的农村男女离家出走了。他们早上出来，走了一天的路，到晚上时，他们到了一个极小的车站。天很冷，慢慢地落起雪来。这样的冷天，没什么人坐车，站台上只有他们两个缩着脖子的人。火车就要来了，他们快要分手了。两人都有些不舍，于是把几句不知说了多少遍的话又说出来：

　　"你到了城里，有什么打算哩？"

　　"我先找到我的亲戚，投靠他们，让他们帮我找事做，赚些钱再回来。如果能赚很多钱，我就不回来了。你呢，到城里后有什么打算？"

　　"跟你一样，我也去找亲戚，投靠他们，让他们帮我找事做，赚些钱再回来。如果能赚很多的钱，我也不回来了。"

　　说着话时，一列火车从南边轰隆着开来了。这是往北去的车，男的要往北去。他在车停后上车了，然后打开车窗。但看着站台上的女的，男的又没什么话说。待了一会儿，男的终于找到一句话了，男的说："我走了，你一个人站在这儿，害怕吗？"

　　女的说："我的车也要来了。"

　　果然，两分钟后，北边的车也轰隆着开来了。这是往南去的车，女的要往南去，她上车了。

上车后，女的也打开车窗，向男的挥着手。

在女的挥手中，往北去的车开动了。

男的在这列车上，他在车开后一直回头看着女的那列车，直至看不见了。

车开了一夜，到了。

男的随人流走出了车站，在外面，男的看见到处是人，到处乱糟糟的。看着这么多人，这么乱的地方，男的不知往哪儿去好。

后来，男的去问了人，要找到亲戚，他只有问人家。

但问了问，没人理他。

再后，还有人用刀割他的口袋。幸好，钱没在那口袋里，那儿，只有一包烟。

男的不想去找亲戚了。

男的买票回来了。

男的在那个极小的车站下车时，忽然在站台上看见那个女的。

女的从南边回来，她的车早到两分钟。站台上只有他们两个人，还是晚上，但没落雪。

两个人走近后，女的先开了口。

女的说："我回来了。"

女的说："我不想在城里待了。"

女的说："城里乱糟糟的。"

女的说："在城里问路，他们不理人。"

女的说："城里还有小偷，把我的口袋都割破了。"

男的笑笑，男的说："那我们回家吧。"

家离车站很远很远，他们在车站待了一夜，第二天一早往家里走。走了一天的路，到晚上时，他们到家了。

两个人回家后就结婚了，然后生儿育女。

慢慢地，他们的儿女也大了，也生儿育女了。

他们老了。

一天，铁路铺到他们家门口了。他们的孙子，整天兴高采烈在刚铺好的铁路上玩。一天，孙子玩了回来，看着他们说："火车要从我们门口开过了，爷爷奶奶，你们见过火车吗？"

他们说："见过，还坐过哩。"

落　叶

深秋的时候，乌桕树就是一幅画。这时候、乌桕叶红了，乌桕子白了。一棵树有红的叶、白的子，还不是一幅画吗?

一个叫小禾的男孩总觉得乌桕树是一幅画。

小禾的村外有一条河，河边高高矮矮长着许多乌桕树。小禾看着那些乌桕树，觉得那是一幅好看的画。然后，小禾就走进那幅画里。

小禾去打乌桕子。

一到深秋，小禾就和村里一些男孩来打乌桕子。他手里拿根竹竿，一下一下往乌桕树上打。那些乌桕子，便下雨一样落下来。落了一地，小禾就把它们扫起来。一些红了的乌桕叶，也飘落下来。小禾见了，就有些可惜。小禾觉得自己把一幅画打碎了。有一天小禾告诉别人，他说乌桕树是一幅画，他在这儿打乌桕子，把一幅画打坏了。结果有人笑小禾，说小禾脑子总有那么多怪怪的想法。

一天，小禾又在树下打着，一个女孩过来了，一个穿红衣服的女孩。小禾觉得，女孩身上的红衣服也像乌桕叶。女孩很好看，这样好看的女孩小禾只在城里看过。女孩走到小禾跟前，问他说："你在这里做什么呀?"

小禾说："打乌桕子。"

女孩说："乌桕子好做什么呢?"

小禾说："好卖钱呀。"

女孩说："乌桕子怎么可以卖钱呢?"

小禾就笑了,小禾说："乌桕子是药材,当然可以卖钱。"

女孩也笑了,不好意思的样子。女孩随后从小禾手里把竹竿拿过去,一下一下帮小禾打着。打了好一会儿,女孩累了。女孩站下来喘气,还跟小禾说："我觉得乌桕树是一幅画哩。"

小禾有些高兴了,小禾说："你也觉得乌桕树是画吗?"

女孩说："乌桕树红的叶、白的子,真好看,我觉得是一幅好看的画。"

小禾说："你的想法跟我一样,我也觉得乌桕树是一幅好看的画。可是……"

女孩说："可是什么?"

小禾说："可是有人笑我,说我脑子里总有些怪怪的想法。"

女孩说："别怕他们笑,那是他们不懂的浪漫。"

女孩说着,又一下一下用竹竿打起来,也把乌桕子像落雨一样打下来。打了一地,女孩又和小禾一起扫乌桕子。忙了好一阵,小禾的竹篮就满了。这时候天不早了,但女孩还不想走,女孩摘起乌桕叶来,把一些最红的乌桕叶摘下来。一边摘着,女孩还一边跟小禾说着话,女孩说："这地方真是太好了。"

小禾说："城里没有这么好的地方吗?"

女孩说："没有。"

小禾说："你还会来吗?"

女孩说："我会来的,再来摘乌桕叶,还帮你打乌桕子,好吗?"

女孩说着,就要走了,手里捧着一大把红红的乌桕叶。小禾见了,就问女孩说："你要把这些乌桕叶带回城里去吗?"

女孩说："这么好看的乌桕叶,我当然要带回去。"

小禾说："这乌桕叶带回去好做什么呢?"

女孩说："找一只花瓶插起来,这样好看的叶子插在屋里,一屋子都会有生气和活力的。"

女孩说着，跟小禾挥了挥手，就走了。

小禾恋恋不舍地看着女孩走去，直到女孩消失。

小禾在女孩走了后，也摘了很多乌桕叶，拣最红的摘。回到家后，小禾也把乌桕叶插在瓶子里。有人问小禾，说你怎么把乌桕叶放在屋里呀？小禾说这样好看的叶子插在屋里，一屋子都会有生气和活力。有人又睁大眼看着小禾，说小禾脑子里总有那么多怪怪的想法。

小禾不怕人家这样说他，他在心里想：人家城里女孩也跟我一样哩。想着，小禾又去了河边的乌桕树下。

小禾在这儿等着那个女孩。

但女孩没来，好久都没来。小禾记得女孩说过她还会来，来帮自己打乌桕子，来摘红红的乌桕叶。但小禾很失望，一天又一天过去，女孩依然没有出现。

这后来的一天，小禾去了一次城里。小禾很少去城里，怯怯地走在城里的大马路上，小禾最想见到的就是那个穿红衣服的女孩。还真有那么巧，小禾真见到了。女孩在马路对面走着，仍穿着那件像乌桕叶一样的红衣服。小禾便跑过去，跑到女孩跟前去，小禾看着女孩说："你好，我又见到你了。"

女孩陌生地看着小禾说："你认识我？"

小禾说："认识，我有一天在我们河边的乌桕树下见过你。"

女孩说："我去过乌桕树下吗？没有呀。"

女孩说着，转身走了，把一个呆着的小禾扔在那里。

那个秋天过后，就是冬天了，小禾在这个冬天里还会到乌桕树下去。但现在，乌桕树光光的，红红的乌桕叶落了，白白的乌桕子也落了。

可是，小禾还喜欢站在这儿。

照　片

　　有一天，我和女儿去了一个叫黄村的地方。有人告诉我，说黄村以前考取过好几个进士，还出过一个尚书，村里有很多老房子。我和女儿都对老房子有兴趣，于是带了相机来了。但在村里走了一圈，我和女儿便有些失望了。村里倒有很多老房子，有尚书第，大夫第，儒林第，但几乎所有的房子都破破烂烂。有些房子倒了，只留下一些门楼。还有些，只剩下一堵墙。可以说，村里到处是倒篱烂屋，到处是断壁颓垣，到处衰草离离。我和女儿在村里转了好久，几乎就没看见新房子。偶尔有一两幢，也做得很粗糙。村里有人跟着我们，有大有小，有老有少，有男有女，但一个个都衣着破烂。从他们身上，我们看出，这个叫黄村的村子还相当地穷。

　　当然，这个黄村也不是一无是处。村里有很多巷子，一条又一条，巷子里铺的都是青石板，而且铺得很整齐。这一条又一条铺着青石板的巷子，让我们想象出黄村当年的繁华。女儿对这些巷子很有兴趣，拿着相机不停地拍。后来，就有一个孩子，十二三岁的样子，他蹿进镜头，还说："跟我照一张吧。"

　　女儿就拍下了这个孩子。

　　随后，村里很多人都让女儿帮他们照相，他们当中有男有女，有老有少，当然孩子居多。我们是数码相机，不在乎他们人多，女儿一一为他们拍了。

一个老人，在照过相后看着我说："我这一辈子都没照过几次相。"一个孩子，这时歪着头走过来，他看着我说："我们真被拍进了照相机吗？你们真拍了吗？"

我说："真拍进了照相机。"

孩子说："在照片上能看到我们？"

我说："能看到。"

孩子笑了。

在孩子笑着时，又一个女孩走来了。女孩大概有十三四岁的样子，个子也不矮了。她大概是从地里回来的，一身是汗，还灰头土脸。见了这个女孩，一个女人便说："大家都照了相，你也来照一张吧。"

女孩怯怯地笑了一下，然后看着我们。

女儿就让女孩站好，要帮她照，但随即女儿又停下了，女儿跟女孩说："你蛮漂亮的，你去洗一把脸，再照吧。"

女孩点点头，去了。她就住在边上，我和女儿跟了过去。在女孩洗好脸后，女儿竟然给女孩梳妆打扮起来。女儿帮女孩梳了头，还把自己头上的发卡夹在了女孩头上。最后，女儿又脱下了自己身上一件漂亮衣服，穿在女孩身上。这样一打扮，女孩更好看了。随后，女儿让女孩站好，一按相机，把女孩照下了。

我们走时，村里人把我们送到了村口，他们都说："你们会把照片送来吗？"

我和女儿说："你们放心，过几天我们就送来。"

十几天后，我又去了黄村。这天我女儿没去，我一个人去，去给他们送照片。一进村，我就被村里人认了出来，很多人围了过来。我便把照片给了他们，有一大沓。他们抢着，看着，还不停地喊："禾崽，这张是你的。""小芹，这张是我们的合影。"过了一阵，一沓照片差不多就分光了，只剩下了一张。这张照片随后在他们手里传来传去，都说："这是谁呀，她不是我们村的吧？"

后来，他们把这张照片还给了我。我一看，是最后那个女孩的照片。女儿为她梳妆打扮了一阵，还给她换了衣服，才帮她照的相。看明白这点后，我仍把照片递给他们，我说："她是你们村的，你们仔细看看，看是谁，把照片给她。"

但村民仍把照片还给我，村民说："这女孩不可能是我们村的人，我们村哪有这么漂亮的女孩呀？"

我不会记错，女孩就是这个村里的。我随后在村里找起女孩来，我相信只要见着女孩，我还认得出她。很快，我见到一个十三四岁的女孩了，很漂亮的一个女孩。我一眼就认了出来，她就是那天女儿为她梳妆打扮的那个女孩。我赶紧走了过去，然后把照片递给她，我说："这是你的照片。"

女孩看了半晌，摇摇头，然后把相片还给了我，女孩说："这不是我，我哪有这么漂亮。"

说着，女孩转身走了，扔下我一个人傻傻地站在那里。

简　历

　　春天的时候，三个老人身体都还好，他们经常结伴到河边去，然后坐在河边，聊天或晒太阳。但冬天的时候，三个老人中的两个过世了。剩下的一个老人还会到河边去，他的两个伴已经不在了，老人孤独地坐在河边，很伤感。

　　一个十二三岁的女孩，经常看到老人坐在河边。有一天，女孩走近了老人，女孩看着老人说："爷爷，你坐在这儿做什么呀？"

　　老人说："思考。"

　　女孩说："爷爷在思考什么呢？"

　　老人就叹一声，老人说："人生实在太短暂了，生下来就长大了，然后老了。"老人说着，随手在身边折了一根柳枝，继续说："就像这根柳枝，一折下来就会干枯。"说完，老人一扬手，把柳枝扔了。

　　女孩也看出了老人的伤感，女孩说："爷爷，你碰到什么伤心的事吗？我觉得爷爷很伤感。"

　　老人说："到我们这样的年纪，剩下的只有伤感了。"

　　女孩说："我听不明白。"

　　老人说："等你长大了，你就明白了。"

　　女孩不再问了，老人也不再说了，两个人都默默地坐在河边。

但没过一会儿，女孩又开始说话了。女孩刚刚填了一份简历，现在，女孩看看老人，忽然想知道老人的简历了，于是女孩开口问起老人来，女孩说："爷爷，我能问问你的简历吗？"

　　老人点点头。

　　女孩就问起来，女孩说："姓名？"

　　老人回答："赵生东。"

　　"出生年月？"

　　"1925 年。"

　　"属相？"

　　"牛。"

　　"血型？"

　　"O 型。"

　　"民族？"

　　"汉。"

　　"出生地？"

　　"江西临川。"

　　"居住地？"

　　"江西临川。"

　　"职业？"

　　"公务员。"

　　"业余爱好？"

　　"看书，散步，逛书店。"

　　"最喜欢做的事？"

　　"坐在河边。"

　　"记忆中最深刻的一段经历？"

　　"没有。"

　　"最高理想？"

　　"天天都能走到河边来。"

"无法实现的理想？"

"像你这样年轻。"

女孩问到这儿，结束了。这时一只蝴蝶飞了来，女孩便起身去追蝴蝶，女孩一边跑着一边跟老人说："爷爷再见。"

但女孩没再见着老人，女孩经常到河边来，但一次也没见到老人。有一天，女孩又走到她曾经和老人坐过的地方。在这儿，女孩发现老人扔掉的那根柳条真的干枯了。女孩忽然意识到老人不会来了，永远都不会来了。意识到这里，女孩也有些伤感了，女孩一眨眼，眼里湿湿的潮了。

卖柴的孩子

天蒙蒙亮的时候，孩子的大人把孩子喊醒了，大人说："天亮了，起床。"

孩子翻身爬起来，坐在床上揉眼睛。揉完眼睛，孩子看见眼前有一把柴刀，大人伸过来的，大人说："上山砍柴去。"

孩子拿过柴刀，下床了。

大人在孩子下床后又开口了，大人说："砍了柴直接担到柴市上去卖，一块钱一捆，一担两块钱。"

孩子点点头，出门了。

太阳出来时，孩子走到山上了。孩子对着太阳伸了伸懒腰，挥起柴刀砍起柴来。

太阳老高时，孩子砍好了两捆柴。

太阳升到孩子头顶时，孩子把柴挑到了柴市上。

一个人走了过来，是个买柴的人，他说："一捆柴卖多少钱？"

孩子说："一块。"

"一块钱两捆，卖不卖？"

孩子说："不卖。"

买柴的人就走了。

不一会儿又一个人走了过来，也是个买柴的人，他说："一捆柴卖多少钱？"

孩子说："一块。"

"一块钱两捆，卖不卖？"

孩子说："不卖。"

买柴的人又走了。

不一会儿再一个人走来，还是个买柴的人，他说："一捆柴卖多少钱？"

孩子说："一块。"

"一块钱两捆，卖不卖？"

孩子说："不卖。"

买柴的人仍走了。

这个下午，很多人走近了孩子，他们都来买柴，但他们都走了，他们嫌孩子的柴卖得太贵了。孩子边上还有一个卖柴的人，他卖完柴后告诉孩子说："一担柴只卖得到一块钱，一捆五角钱。"

孩子说："可是我的大人交代，一担柴卖两块钱，一捆一块钱。"

说着话时，又有人走来，但问了问价，又走了。

没人要孩子的柴。

太阳下山的时候，孩子有些累了，孩子坐在那儿打起瞌睡来。在睡梦中，孩子梦见自己卖了柴又去砍柴，砍了柴又来卖柴。孩子总是天蒙蒙亮的时候起床。太阳出来的时候来到了山上。太阳老高了，孩子把柴砍好了。太阳升到头顶时，孩子把柴挑到了柴市上。每天每天，孩子都如此。这样一天又一天过去，孩子就老了。果然，孩子听到一个女人喊道："老人家——老人家……"

孩子便从瞌睡中醒来，从瞌睡中醒来的孩子不知道女人喊谁。孩子四处看着，但左右没有人，天差不多要黑了，所有的卖柴的人都走了，只有孩子一个人在这儿。

女人又喊："老人家……"

孩子一惊，孩子说："你喊我？"

女人说："喊你。"

孩子说："我是老人了？"

女人忽然笑了，跟他说："老人家你真有意思，自己老了都不知道。"说过，女人又说："老人家，你这木炭多少钱一斤？"

孩子茫然的样子，孩子说："木炭？哪里有木炭？"

女人伸手往地下一指，跟孩子说："你跟前不是有两捆木炭吗？"

孩子低头一看，可不，他跟前的两捆柴已经变成木炭了。

活着的信念

　　一个老人，天天呆坐在家门口。是寒冷的冬季，老人又坐在太阳下，于是从老人门口走过的人，都觉得老人在晒太阳。但老人不这样认为，老人认为他在等死。千真万确，有很多日子了，这个念头都在老人的感觉里。也难怪老人会这么想，早先，老人跟前坐了好几个老人，他们一起在太阳下，晒太阳。但在这个寒冷的冬天，一个老人去了，又一个老人去了，再一个老人去了。老人比那几个老人甚至更老一些。在那几个老人相继离开后，老人觉得自己挨不过这个冬季了。为此，老人生出等死的念头。

　　一天，老人又坐在门口。老人呆呆地，一动不动。离老人不远，有一个孩子在放风筝，孩子不时地跑近老人，跑近一次，孩子便喊一声说："爷爷，跟我一起放风筝吧？"又跑近一次，孩子又喊一声说："爷爷，跟我一起放风筝吧。"老人没跟孩子去，甚至连话也懒得回一句，老人只呆呆地坐着，一动不动。

　　后来，孩子的风筝断了线，风筝在空中飘飘摇摇了一会儿，坠落在老人门口的一棵大树上。孩子还小，不会爬树，也不敢爬树。孩子在树下转了几个圈后，来到了老人跟前，孩子说："我风筝掉在树上了，爷爷帮我拿下来。"

老人没动。

孩子又说："我风筝掉在树上了，爷爷帮我拿下来。"

老人仍没动。

孩子不依不饶，孩子甚至动手拉起老人来，孩子说："爷爷帮我拿风筝。"

老人动了，老人看了看树上的风筝，老人说："风筝落在那么高的树上，爷爷也没办法拿下来。"

孩子说："拿得下，爷爷是大人，一定拿得下来。"

老人像是受了鼓励似的，真走到了树下。但风筝在很高的地方，老人也拿不到。老人想了想，从家里搬来了梯子。老人搬梯子时，自己都有点奇怪，不知道自己怎么搬得动梯子。更奇怪的是，老人把梯子靠在树上后，居然爬了上去。不仅如此，爬上梯子后，老人又顺着枝桠爬上了树，最后把风筝拿了下来。

站在树下，老人都有点不相信这是真的。

孩子拿到了风筝，欢天喜地的，孩子不停地说："谢谢爷爷，谢谢爷爷。"

老人却说："爷爷应该谢谢你。"

真的，老人是该谢谢孩子，是孩子让老人看到了自己身上的活力和潜力。

过后，老人不再呆坐在门口了。老人经常在外面走着，有时候也和孩子放放风筝。

那个寒冷的冬天，不知不觉过去了。

冬天过去是春天，当春风吹拂着大地时，老人也是一脸的春风了。

老人与女孩

老人坐在树下，静静地看着一个女孩。

老人出来散步，今天走远了，来到了郊外。走到这儿，老人觉得累了，老人在路边一棵树下坐下来。路边就是农田，正是割晚禾的时候，田里一个女人在割禾。还有一个女孩，在田里拾稻穗。女孩六七岁的样子，很瘦很黑，但老人还是看得出来，女孩虽然黑，虽然瘦，但女孩还是很好看。

老人静静看着的，就是这个女孩。

在老人看着女孩时，割禾的女人忽然喊起来，女人说："柳儿，端水给妈妈喝。"喊过，老人就看见女孩往田塍边跑去。女孩跑得很快，赤裸的脚踩着一颗又一颗禾蔸。很快，女孩跑到田塍边了。女孩从一只瓷壶里往一只碗里倒水，然后，端了水去给女人喝。老人看见了，那碗烂了，缺了一个口。还有，女孩的衣服裤子也是烂的，打了补丁。看到这里，老人心里很不好受了。老人觉得这女孩很可怜，小小的年纪，就要下地做事，赤着脚在田里走来走去，晒得黑乎乎的；也没一件好衣服穿，穿的衣服裤子都是烂的。老人近来很容易被一些事情触动，就像现在，老人就被女孩触动了。老人想，要是这女孩生在城里，生在有钱的人家，正在过着饭来张嘴、衣来伸手的享福日子。就像老人的孙女，也是这么大，吃饭还要大人哄着喂着。而这个女孩，却要在田里做事。想到这里，老人叹了口气。他觉得，生在穷人家的孩子，真的很可怜很可怜。

女孩当然也看见了老人，女孩不时地看老人一眼，又看老人一眼，还怯怯地笑一下，又笑一下。后来，女孩就走了过来，女孩走近老人后仍笑着，还说："爷爷，你为什么一直坐在这里呀？"

老人说："爷爷累了，走不动了。"

女孩说："爷爷真可怜。"

老人有些意外，老人说："你为什么说爷爷可怜。"

女孩说："我妈妈说了，人老了就可怜。"

老人觉得女孩这话说得很有意思，于是老人笑起来，不停地点头。在点着头时，老人站起来，想走。可能是老人坐久了，腿木了，老人一迈步，就一个趔趄，跌倒了。女孩在边上吓呆了，忙喊着说："老爷爷，你怎么了？"

割禾的女人这时也跑了过来，她扶起老人，还说："老人家，你要紧吗？"

老人摇摇头，然后又要走，但腿迈出去，还是软的。老人是个很容易被触动的人，老人真的觉得女孩说得对了，人老了，就可怜。

老人后来没走，仍在树下坐着，但老人打了个电话，让车来接他。

十几分钟后，一辆轿车开来了。车上下来的人都说老董事长，你怎么走到这儿来了？然后扶老人上车。老人上了车后，没让车走，女孩就在车门边，老人伸手摸着女孩的头，还说："年轻真好。"

女孩听不懂这句话，女孩看看老人，又看看车，然后说："爷爷，这车要很多很多钱吗？"

老人涩涩地笑了。

你看到风筝了吗

老人喜欢放风筝，也会放风筝。老人总是在傍晚的时候把一只风筝放飞到天上去，风筝悠悠地飞在天上，把小区里许多大人孩子的眼睛拉直了。仿佛，老人把一个希望放飞在天上，让所有的人憧憬。

老人住的这个小区叫田园小区，小区的一层二层是店面，三层是平台，平台上是商住楼，有好几幢。老人就在平台上放风筝。小区里的人，只要抬一抬头，就看得到天上悠悠飞着的风筝。有些人，会跑到平台上去，站在老人身边，看着老人放风筝。

有一个孩子，只要老人一放风筝，就从屋里跑出来。孩子站在老人跟前，仰着头看，满脸的憧憬。一天，孩子也想放风筝了，孩子跟老人说："我也想放风筝，爷爷你教我好吗?"老人就把风筝收了回来，教起孩子来。老人跟孩子说："先跑几步，把风筝放出去，然后放线，风筝就会飞起来。"孩子照老人的话去做，风筝真飞了起来。当然，孩子毕竟是生手，孩子的风筝飞了一会儿，就掉了下来。

但孩子仍然很高兴。

有好多天，孩子都让老人教他放风筝。老人一在平台上出现，孩子也出现了。有时候，老人还没出现，孩子先到了平台上，等着老人。孩子这样用心，就大有进步了，孩子也能像老人一样，把风筝放得老高老高，让风筝悠悠地飞在天上。老人在边上仰着头看，老人也像孩子一样，满脸的憧憬。

这后来的一天，孩子又在平台上等老人，但老人并没出现。天黑了，老人也没出现。孩子奇怪了，去问大人，才知道老人中风了。孩子并不知道中风是什么意思，但孩子知道老人病了，去医院了，再不能来放风筝了。

后来好长时间，有一个多月了，孩子也没看见老人来放风筝，甚至，孩子连老人也没见到过。但有一天，孩子见到老人了。孩子在老人的阳台上见到了老人，老人住在二楼，孩子在平台上一抬头，就看见老人了。老人坐在椅子上，头仰着，往天上看。孩子见到老人，很高兴，孩子跟老人说："爷爷，你怎么不下来放风筝呢？"

有一个大人在孩子跟前走过，大人小声跟孩子说："爷爷瘫了，不会走路了，他不能放风筝了。"

孩子听了，好难过。

以后，孩子总在阳台上看到老人。老人总是仰着头，往天上看。孩子有一次问起老人来，孩子说："爷爷，你在看什么呢？看天上的风筝吗？"

老人动了动，好像在点头。

可是，天上没有风筝，孩子知道。

有一天，天上有风筝了，孩子放的。孩子在平台上跑着，然后把风筝放出去。孩子已经掌握方法了，能把风筝放得老高，让风筝悠悠地飞在天上。随后，孩子扯着线走到老人的阳台下，跟老人说："爷爷，你看到风筝吗？"

老人又动一动，好像是点头。

以后，孩子天天都在傍晚的时候把风筝放起来，然后屁颠屁颠跑到老人阳台下，跟老人说："爷爷，你看到风筝吗？"

老人总是动一动，有时候，还艰难地笑一笑。

这后来的一天，孩子出事了。孩子跑着放风筝，居然忘了那是在三层的平台上，孩子跑出了平台，从三楼掉了下去。

孩子摔伤了，双腿粉碎性骨折。

小区里的人，再也见不到一个屁颠屁颠跑着放风筝的孩子了。

也是一个多月后，有人看到孩子了，孩子坐在自己家里的阳台上。孩子双腿断了，不能走路了，他只能坐着。坐在阳台上的孩子也像以前那个老人一样，头仰着，往天上看。

孩子还想看到风筝在天上悠悠地飞着，但没有，天上除了偶尔会飘过一丝云彩外，什么都没有。孩子心里便空落落的，很难过。一次，孩子还难过地哭起来，"呜呜"地哭着。一个女孩，站在孩子家的阳台下，问孩子说："你哭什么呀？"

孩子说："没人再跟爷爷放风筝了，爷爷看不到风筝了。"

女孩说："会看到的。"

这天，孩子就看见风筝了，不是一只风筝，是很多只风筝。孩子以为他看错了，孩子揉了揉眼睛，不错，是有好多风筝飞在天上。这些风筝飞得好高好高，悠悠地，把孩子的眼睛拉直了。

那个小女孩，后来跑到了孩子的阳台下，她跟孩子说："小明，我们都会放风筝哩，你看到风筝吗？"

孩子当然看到了，不仅如此，孩子还觉得他就是一只风筝，正悠悠地飞在蓝天里。

省 亲

　　舒非是临川上清人，从小就有才名，六岁就会作诗。他的家在抚河边上，抚河在山里穿行几十里，一路山峦叠翠，到舒非他们上清村，竟一马平川了。舒非十岁时站在河边，咏道："千重青山锁不住，万里风烟卷画开。"这诗让人称道，为后人广为传颂。这是明万历二十六年，汤显祖于这年辞官返回故里。闻说舒非才气后，汤显祖步行三十多里，到上清看望了舒非，并勉励舒非好好读书。舒非三岁丧父，母亲多病，汤显祖看舒非生活艰难，放下纹银五十两，但舒非母亲坚持不受。其时舒非的三个叔叔等诸多亲戚在场，他们感谢汤显祖的好意，但对那五十两纹银，也坚决不要。他们表示，舒非虽无父亲，但有三个叔叔，他们会支助舒非，把他培养出来。

　　果然，舒非二十三岁便金榜题名，高中第三名探花。这是万历三十九年，这年舒非母亲积劳成疾，没有等到舒非回家，便去世了。神宗皇帝感叹舒非寡母的辛劳，在上清为她立贞节牌坊一座，并准允舒非守孝三年。此三年里，舒非与汤显祖过往甚密。汤显祖这年六十二岁，他的得意之作《牡丹亭》上演多时，久演不衰，盛况空前。"原来姹紫嫣红开遍，似这般都付与断井颓垣。良辰美景奈何天，赏心乐事谁家院？……这般花花草草由人恋，生生死死随人愿，便酸酸楚楚无人怨。"这些唱词，在很多女子嘴里传唱。舒非非常喜欢《牡丹亭》，但更敬重汤显祖的人品，汤显祖那种廉洁正直、不肯趋炎附势的品格，对舒非影响很大。他后来一直为官清廉，这与汤显祖的影响是分不开的。

三年守孝期满，舒非授翰林院修撰，从六品。此后十五年，舒非历任侍读学士、侍讲学士、内阁学士、礼部侍郎，最后官至吏部尚书。舒非为官期间，公正廉明，有口皆碑。尤其在任吏部尚书期间，位高权重，多少官吏都想巴结他，送金送银，舒非不为所动，一律拒绝。当时抚州知府李圭精选南丰贡橘二十篓送上，李与舒非是同乡，彼此熟悉。但舒非仍不接受，弄得李圭很没面子，大骂舒非不近人情。有道是"三年清知府，十万雪花银"，可堂堂吏部尚书的舒非，家里却一贫如洗。

这十五年里，舒非没回过一次家乡上清。

在舒非老家上清，他的三个叔叔和几个婶婶依然健在。几个叔叔已经七十多岁了，他们都很想念舒非。抚州知府李圭上京探望舒非时，他们让李圭捎口信给舒非，说叔叔婶婶年纪已大，想见一面，让舒非回乡省亲。舒非的堂弟舒林也曾上京，让舒非回家一次。舒非沉默良久，竟没答应。

舒非久不回来，同宗兄弟便多有牢骚，说舒非忘本。也难怪同宗会有看法，明朝末年的官场腐败之极，老百姓有一句话说"是官就贪"。当时许多官吏见财就起心，拼命敛财，然后在家乡买田置地，盖房做屋。对乡亲也是出手大方，赠金送银，弄得皆大欢喜。舒非的堂弟舒林就说过，在外为官，就要造福乡亲，乡里乡亲得不到一点好处，你当这个官又有什么作用。这话明显道出了对舒非的不满。

对此，舒非岂非不知。

舒非其实有苦难言，他并不是不愿回乡，也不是忘本。他很想回去，但两手空空，怎么回去。舒非知道回乡一次，各方打点，至少要花数千银两。舒非一向为官清廉，他拿不出这些钱，他是因为没钱而不敢回乡。

舒非做梦都想回去看看叔叔婶婶。

万历四十年，舒非同乡抚州知府李圭又一次上京，李圭再次传达了舒非叔叔和婶子希望见他一面的愿望。说过，李圭呈上银票二万两，李圭说：你之所以不回乡，完全是没钱回去打点，但你终归要回去一趟，以后还要落叶归根，你就不要自命清高了，收下这些钱吧，风风光光回去一次。

舒非沉吟半晌，收下了。

随后，舒非向皇帝告假，要回乡省亲。

就在舒非要走时，他接到举报，说李圭在抚州搜刮钱财，无恶不作。以往，舒非接到这样的举报，一定要上奏皇上，而后严惩。这回，舒非没有往上奏，而是压了下来。

舒非在这年秋天回到了家乡上清，李圭送的两万块钱他全带了回来。乡里乡亲，各有封赏，一时也弄得皆大欢喜。

一个月后，舒非回京，路过崇仁地面时，见一老人跪在地上拦轿喊冤。舒非急命人扶起。原来，老人一女，秀丽漂亮，被知府李圭看上，强抢而去。那女子贞烈，生死不从，竟被活活打死。老人的老伴去衙门告状，被推下台阶活活跌死，舒非听了，怒从心起。

舒非没急着回京，他乔装打扮后又在抚州待了十多天，收集了李圭许多罪证。回京后舒非上奏皇上，将李圭革职查办。李圭不服，见着舒非时一脸冤枉地说："我们是同乡呀，我还送过你两万两银票，我那些银子难道打水漂了吗？"

舒非说："不会白送。"

说着，舒非把头上的乌纱帽取了下来，舒非说："我不配戴这顶乌纱帽。"

舒非辞官了。

打师李元

早些年，抚州乡村尚武成风，乡民练武，并不是为了争强好斗，而是为健体防身，以备万一。为此，那时很多村都拉了场子，请打师教习武艺。打师是抚州方言，一个人被人称为打师，武功一定高强。

李元是抚州有名的打师。

李元早年在峨眉山学艺，学得一身硬功夫，据说他的手臂一用力，比铁还硬，有人用力砍过，根本砍不动。凭这身功夫，李元总是被人请去教人武艺。不过，当打师也不容易，在一个村教上三个月，最后还得跟徒弟对打。打赢了，才能离开，去另一个村。没打赢，只得留下来，在这个村尽义务三个月。

李元从没输过。

在抚州乡村，有很多高人。李元多年在抚州乡村拉场子，也碰过不少高人，但从没输过，这说明他武功极高。不仅如此，李元还是一个少见的好人。有一年，李元在抚州鹏溪拉场子，村里一个李婆，无儿无女，日子艰难，李元便买了柴米油盐上门。以后，每月差人送去银两，从不耽搁。抚州乡村，让李元这样侍奉的老人有十几个。李元还好管闲事。有人倚强凌弱，李元不会袖手旁观，一定出面。有李元出面，事情就会公平解决。

一个人武功高强，又乐善好施，便让人称赞。在抚州一带，李元名气极大，虽不是妇孺皆知，也可以说美名远扬。

与抚州相邻的建昌，是药材之乡。有一句话说药不过建昌不灵。可见，建昌的药是很著名的。这建昌不仅药灵，打师也多。其中一个打师，姓陈名金彪，这陈金彪也是武功了得，在建昌一带可以说名声在外。不过，这是个恶棍，在建昌一带恶名远扬。他曾一拳打死过同村村民陈多福，被人称为镇关西。他脾气极坏，同人说话，一句不合便拳脚相加。建昌一带，人人谈他色变。陈金彪也听过李元的大名，很不服，曾经到抚州找过李元。不过，人没见到，只不时地听人谈起过他。说到李元的人，不仅称赞他武功好，而且称赞他人品好。有人告诉陈金彪，说李元视财如粪土，他在外行走江湖十几年，拉了无数场子，挣了不少钱，但他至今没做一幢屋。陈金彪便说他的钱嫖光了。人家摇头，说李元从不嫖，他的钱都施舍给穷人了。听人家这样说，陈金彪越不服了。以后，陈金彪又去过抚州几次，这几次，陈金彪没去找李元，而是冒充李元做些下流勾当。一次他在半路上强奸了一个女人，走时说他是李元。又一次他半夜去偷人东西，被人发现了，他痛下杀手，重伤二人，走时也说他是李元。还有一次几个孩子在河边玩，他走近去，跟孩子说我是李元，你们为什么不跑。孩子说我们不怕你。陈金彪听了，过去就把两个孩子踢下水去。

陈金彪这样糟蹋李元，李元也就恶名在外了。这时说到李元，别人大气都不敢吭一声，比如有人打架，只要说声李元来了，两个打架的人，立刻不敢打了。有小孩顽皮，大人管不住，也只要说声李元来了，孩子听了，立刻往家里跑。有胆小的，边跑边哭。

李元开始不知道自己恶名在外，后来知道了，并且知道有人冒他的名作恶，李元很气愤，他跟自己说我没得罪谁呀，谁跟我过意不去呢？

李元很想知道这个人是谁，也去找过，但一无所获。

那个陈金彪，仍在外面以李元的名义作恶，他像一个好汉，杀人越货后，坐不改名行不更姓，总跟人家说我是李元，说过飘然而去，只把罪恶留给李元。

可恨的是陈金彪栽赃李元，李元连他是谁都不知道。

但李元发誓要找到这个人。

这年，抚州七里岗下张村拉了个场子，请来了一个打师教习武艺。这打师也姓李，名二儿。这李二儿打师在江湖上没什么名气，武功也不怎么样，他在下张村教了三个月。满期后，按例他得跟下张村选派出的徒弟对打。李二儿打师武功果然一般，竟被自己的徒弟打败了。按惯例，李二儿得留在下张村，为下张村尽三个月的义务。

李二儿留了下来。

李二儿随后跟下张村的人建议，他说抚州一带武功最高的是李元，若能请到李元来，可使村民的武功上一个层次。

下张村便派人到处去请李元。

几天后，他们请到了李元。

这人就是陈金彪。他在外面到处冒充李元，下张村要请李元，聘金又高，他应约而来。

这假冒的李元，虽品行不端，但武功的确不错，出拳使腿呼呼生风，让下张村的人佩服。

转眼三个月过去，照例他得跟下张村选派的人对打。下张村的人知道他武功高强，竟没人敢出来。李二儿这时还在村里，二儿说我来。说罢跳进场子中央，要和陈金彪对打。陈金彪满脸的不屑，开口说："你不就是那个打败了的李二儿吗？"

李二儿说："我是败了，但不一定会败给你。"

陈金彪大笑，大声说："我不用三招，就要把你打得趴在地上。"

李二儿说："废话少说，动手吧。"

两人便动起手来，这李二儿竟然和往日判若两人，出拳抬腿生风带雨，只三招，便把陈金彪打得爬不起来。

陈金彪大惊，躺在地上艰难地说："你是谁？"

李二儿说："我是李元。"

传　说

　　张正是抚州打师，他个子不高，却武功高强。传说抚州两大顶尖高手王金虎、李振龙都栽在他手里。这王金虎、李振龙一个霸占抚州城里，一个横行抚州城外，两人仗着武功高强，横行霸道，作恶多端。尤其是王金虎，竟充当日本鬼子的汉奸，杀人放火，奸淫妇女，是个无恶不作的家伙。但有一天，这王金虎却莫明其妙地消失了，抚州人再没见到这个人出现。有人传说是张正出头灭了王金虎，传说张正有铁爪功，凡是他抓着的，筋脉齐断，甚至连骨头也会碎裂。还有人说李振龙也栽在张正手上。这李振龙抚州人还能见到，以前好好的一个人，突然断了一只手，瘸了一条腿。他一拐一拐地走出来，让人十分惊讶。有人问他，是不是张正出手伤了他，李振龙矢口否认，只说是从楼上跌下，跌断了手脚。这话鬼才相信，一个武功高手，从楼上跌下来怎么会摔成这样，明显是骗人的。但李振龙不说实情，别人又不能撬开他的嘴巴，于是这就成了传说。很多人都相信，王、李二人是栽在张正手里。他们一个失踪了，一个残废了，不是张正，谁有本事做出这等事来。再说以前横行霸道的李振龙残废后就变了一个人，没见他再作恶，这也充分说明曾经有人制服过他。

　　离抚州城外 20 里远，有一个叫流坊的村子。这是个大村，村里人说他们村有千烟。也就是说，村里有千户人家。这话不假，流坊村南北有一里多长，东西也有一里多长。这么大的村子，在抚州还不多见。流坊村的人崇尚习武，每年冬闲，都要张贴告示，招些有名的打师到村里来，教村里的后生习武。抚州一带把这叫做拉场子。这年冬上，流坊村又张贴了告示，要请人进村拉场子，教村里后生习武。告示张贴两天后，一个人来了。这人中等身材，但敦实精壮，一看就是个练家子。此人自报家门，说他姓张名正。这话一出，村里人就惊讶了。张正是传说中的人物，一个传说中的人物能现身，当然会让人吃惊，他们当即把张正留了下来。

张正就在流坊村拉起了场子，这拉场子是有规矩的，拉场子的打师在村里教十几二十个后生习武，时间是一个月。一个月后，村里会选出一个武功高强的人来踢场子，也就是村里会选出一个人出面跟拉场子的打师过招。打师赢了叫赢场，打师输了叫输场。如果打师赢了，便拿了酬金，夹了包袱走人。如果打师输了，还得在村里继续教习武艺，但下一个月酬金减半。流坊是个大村，又崇尚习武，村里武功高强者不计其数，因此，以往有打师到流坊村拉场子，很少有人能在一个月内赢场的，他们多数被人踢了场，输了场，于是继续留在村里。留得少的，在村里待三四个月。多的，待七八个月。拖久了，等于在村里白做。按说流坊村有很多武功高强的人，村里吴大东、吴天亮等都是绝顶高手，他们完全不必请外人来教，但流坊村的人认为自己人教不好自己人。再则，请外人来教，可以让村里人增长见识。因此，流坊村年年都要让外面的人在村里拉场子。

张正的结局跟前面一些打师没什么两样，一个月下来，村里派吴大东踢场。这吴大东绝非浪得虚名，真个身手了不得，只几个回合，就把张正踢倒了。这结果在意料之中，一个月下来，张正在流坊村拉场子，好像没有什么特别的表现。他除了教后生一些拳脚功夫之外，就是让后生攥树。这攥树或者叫抓树就是让后生站在碗口粗的树前，一下一下用手抓树。流坊村的人认为这不是什么武功，他们也没见过这样练的。但张正坚持让后生这么做，他在教拳脚功夫前，总要让后生站在树前，使劲用手去攥树，说这是练铁爪功。他开始这样说时，让流坊村的人眼睛一亮，传说中的张正就是用铁爪功灭掉王金虎、制服李振龙的。村里人觉得，绝顶的铁爪功有可能就是这样练出来的。但过后，村里人否认了这个想法，因为张正的武功平平，没见他有什么惊人的表现。直到一个月后张正败在吴大东手里，输了场，流坊村的人更加相信，这个人不可能是传说中打掉王金虎、李振龙的人。村里人因此有些失望了，一个分明是传说中的人物，但又与传说中的人相去甚远，这结果，当然会让人失望。

张正输场了，便得继续留在村里教后生习武。眼看一个月又要过去了，村里又派了人踢场，这个人叫吴天亮，也是个武功高强的人。但没等到吴天亮踢场，日本人先来了。日本人打听到流坊村的人崇尚习武，个个武功了得，又听说村里正在拉场子，便要来踢场子。当时日本人驻在鹏溪，离流坊只有三四里远。这天，五个日本人进村了，其中一个叫山田本夫，武功了得。他一进村，就嚷着要和张正过招。当时张正不在，到抚州街上办事去了。当然，就是张正在，村里人也不会让他出面和山田本夫过招，村里人觉得张正武功平平，怕他输了丢脸。村里让吴大东和山田本夫过招，这吴大东确实是一个武功高强的人，他跟山田本夫也只过了十几招，就把山田本夫打倒在地。这山田本夫在中国的土地上从没被人打倒过，他恼羞成怒，出其不意，抽出日本军刀砍过来，吴大东没有防备，一条胳膊便被砍了下来。可惜一个好汉，活生生被痛得晕了过去。

吴天亮和众村人见日本人这样无礼，大怒，都挺身向前，要和日本人拼命，但几声枪响，吴天亮和村里几个人倒下了。在危急时刻，张正回村了，张正一个鹞子翻身，就抢到了日本人跟前，但见他从地上抓起一块砖。接着一扬手，那块砖竟然变成了粉末撒在了日本人眼里。日本人迷了眼睛，顾不上开枪了。就在这时，张正出手抓过去，但听咔嚓咔嚓几声响，五个日本人都瘫在地上了。那个山田本夫，一双手竟活生生被张正抓断了。随后，愤怒的村民一拥而上，把五个日本人打死了。

村里人很快把日本人埋了。

1944 年的冬天，驻扎在鹏溪的日本兵就这样莫名其妙地少了五个人，这事除了流坊村的人知道外，再没人知道。

打师张正不久也离开了流坊村，村里人在张正走时还心存疑问，这疑问就是张正武功盖世，怎么会在吴大东踢场时输场呢。终于，在张正离开前，一个人开口问起他来，这人说："你怎么会输给吴大东呢？"

张正笑笑，回答说："我的武功只是对付那些邪恶奸诈之人。"

说完，张正走了。

张正再次走进了人们的传说里。

我们听到青蛙的歌唱

我经常跟朋友去一个叫山下范家的地方，我们往村口一条路去，走几百米，就到山里了。也不是什么大山，只是一些小山。山上山下到处栽着桃树、梨树和橘子树。很多时候，我们会爬到那矮矮的山上，这时候桃花开了，我们会看到一片姹紫嫣红。其实，远处有大一些的山挡着，我们的视野并不开阔，但眼前的一切，也让我们赏心悦目，像精致的盆景。山下有一口水塘，只有一个篮球场那么大。水塘四边长满了草，也长着很多树。很多时候，我们看到水塘静静地卧在那儿，没有一点声息，给人一种神秘的感觉。

一天，我们来到水塘边，这年干旱，虽然只是春夏之交，水塘里也没有多少水。水塘大部分地方见底了，只有中间还有些水。当然，还有一些小水坑里，也有浅浅的水。我们当中眼睛好的，还看到小水坑浅浅的水里有蝌蚪。还有些干涸的水坑里面也有蝌蚪，但那些蝌蚪已经干死了。有些水坑里干的只剩下烂泥，里面也有蝌蚪，但那些蝌蚪已是奄奄一息了。看着那奄奄一息的蝌蚪，我们的心情有些沉重了，一个人还说："天这样干，那些蝌蚪也会活不了。"

一个人说："要不，我们把那些蝌蚪移到塘中间深水里去吧？"

这话得到大家的赞同，我们立即行动起来。我们脱了鞋，跳到塘里，然后两手合在一起，先把烂泥里的蝌蚪捧到水里，然后又把那些浅水里的蝌蚪也托到水里。当烂泥里和浅水里再没有了蝌蚪，我们才直起腰互相看看，笑起来。

大概两三个月后，我们又来到了水塘边。可能夏天下了很多雨，水塘里的水已经很满了。忽然，我们听到水塘里有青蛙的叫声，先是塘那边哇地一声，接着塘这边应了一声，然后满塘都是"哇哇"的叫声，此起彼伏，不绝于耳。听到青蛙声，我们很欣慰，因为，这些青蛙里面肯定有我们救过的，是我们一只一只把它们从烂泥里或浅水里捧到深水里去，它们才躲过一劫，才有今天的生命。我们中的一个人肯定也是这么想的，他说："我们救过青蛙的命，它们在欢迎我们哩！"

一个人说的更有诗意，他说："我们听到青蛙的歌唱。"

的确，我们听到了青蛙的歌唱，日后，我们还来过几次，我们来到塘边，仍然是一只青蛙先叫起来，接着有青蛙应一声，然后塘这边，塘那边，满塘的青蛙都叫了。那高一声，低一声，长一声，短一声，轻一声，浅一声的歌唱，犹如天籁。也有青蛙"扑通"从水里跳出来，我们想，那青蛙一定在哪儿的草里看着我们。

当然，也有例外的时候。

一次，我们又来到塘边，这天，我们在塘边看到几个孩子。孩子把一根绳子绑在树枝上，然后把绳子伸进塘边的草丛里。我们不知道孩子做什么，我们问着说："做什么呢?"

"钓青蛙。"一个孩子说。

另一个孩子则说："没有青蛙了，钓不到。"

我们前不久还在这儿听到青蛙的歌唱，我们不相信没有青蛙，但侧耳细听，果然，我们没有听到青蛙的叫声。

不久，孩子走了。他们才走，一只青蛙就叫了起来，然后，满塘的青蛙都叫了。也是彼此起伏，不绝于耳，青蛙又开始了它们的歌唱。但就在青蛙欢唱时，一个人走来了，这人我们认识，我们叫他老范，是个专门在山上捉石鸡，水里捉青蛙的人。他跟我们也熟，他说："你们在这儿做什么呢?"

我们说:"我们在听青蛙叫。"

老范说:"胡说八道,哪里有青蛙,我怎么没听到。"

老范说过,我们真的就没听到青蛙叫了,青蛙又停止了歌唱。

不过,老范一走,青蛙又叫了。那高一声,低一声,长一声,短一声,轻一声,浅一声的鸣叫,真的就像歌唱一样,拨动着我们的心弦。

理想就像父母一样

有时候，跟一些人谈理想，实在是一件近乎残酷的游戏。

我和朋友就玩过一回这样的游戏。

朋友早年毕业于上海同济大学，现在在上海开着一家公司。他每次都是开着他的小车回来，什么叫衣锦还乡，看见朋友从小车里出来就会明白。这天朋友让我陪他去乡下兜兜风，我也想出去走走，便钻进了朋友的小车。车子开到乡间后，我们看见窗外不时地走着一些孩子，男孩女孩都有。朋友一边开着车，一边看着他们。后来，朋友跟我说起话来，朋友说看见这些乡下孩子，就会想他们从哪里来，要到哪里去，他们大了会做什么，他们会一辈子待在乡下吗？朋友说着时，竟一脸凝重。朋友这话我也想过，我经常骑摩托下乡，常常把注意力放在孩子身上。那些孩子衣着朴素，一脸纯正。看见这些孩子，我也会想这些孩子从哪里来呢，他们要到哪里去？其实，那些孩子根本与我无关，对他而言或对我而言，我们都是匆匆过客。

在一棵大树下，我们看见五六个玩耍的孩子。朋友停下车，仍那样脸色凝重，显然，他还在为那些孩子担忧。但孩子却是另一副情形，见车停了，一个两个围过来。脸上，笑笑的样子，充满了好奇。

我们的游戏在树下开始了。

朋友是以这句话开始的：小朋友，我想问你们一个问题。

几个孩子眨了眨眼，看着他。

朋友说：我想问问你们的理想是什么？

朋友问过，我以为孩子会叽叽喳喳说起来，但没有，孩子们你看看我，我看看你，低下了头。

朋友说：说呀！

我也说：说呀，说说你们的理想是什么？

没人做声。

朋友只好各个击破了，朋友拍了拍一个个子大些的孩子，跟他说：你先说，你的理想是什么？

孩子仍把头勾着，不做声。

我则拍了拍一个女孩，我说：你也说说，你的理想是什么？

女孩也不做声。

五六个孩子，我们都在他们肩上拍了拍，让他们说，但他们最多只互相看几眼，没一个吭声。

朋友想了想，开始启发他们，朋友们说：你们怎么不说呢，如果你们以后想开飞机、开火箭，或者想当科学家、当作家，这些都是理想呀。

我也启发说：如果你们想当医生、想当演员、想当歌唱家，这些也是理想，说说看，你们的理想是什么？

还是没人做声。

朋友继续启发说：比如想考取大学，这也是理想。

这回有孩子做声了，一个孩子说：我们村没人考取过大学。

另一个孩子说：考取了也读不起。

我有些惊讶，我说：这么穷吗？

孩子们点点头。

朋友叹了口气，继续说道：就算不读大学，但以后你们想做点什么呢，你们想做什么，就是你们的理想。

几个孩子互相看着，还是没人做声。

朋友很不甘心，在一个大点的女孩肩上拍了拍，跟她说：你大一些，你说说你的理想是什么？

女孩羞怯地笑了笑，开口了，女孩说：我的理想是……女孩还是顿住了。

我说：说呀？

女孩说：理想就像父母一样。

朋友来劲了，赶紧说：你父母是做什么的？

女孩伸手一指：我父母在地里割禾。

在女孩指引下，我们看见不远的地里有人在收割，我们看见一个男人踩着打谷机，一个女人不停地把稻谷递给男人。在金色的田野里，我们看见他们满脸的喜悦。

我们忽然有些汗颜了，我们平时总喜欢谈论理想，但真正像朋友一样实现理想的人又有几个呢。理想像父母一样——女孩的理想并不崇高，或许根本算不上什么理想，但一代又一代农民都是这样走过来的，它是千千万万农民一生的真实写照。

记住女孩的话吧——理想就像父母一样。只有这样，我们才会少一些失落，多一些满足。而满足，是人们的幸福之源啊！

蜻蜓的声音

女孩很迷恋蜻蜓，她和云来到河边时，没有一次会老老实实待着，而是满河滩跑，去追逐那些蜻蜓。与女孩恰恰相反的是云，云从不像女孩那样满河滩跑，总是静静地坐在那儿，看着蜻蜓和追逐蜻蜓的女孩。

一次飞来几只红蜻蜓，女孩见了，很惊喜，一边追着一边说："快来看呀，这红蜻蜓真好看。"云没起身，仍坐在那儿看着女孩。那天女孩穿一件红裙子，跑起来很轻盈，像蜻蜓一样，云于是开口说："你就是一只红蜻蜓。"

女孩听了，不跑了，看看自己，然后说："我像红蜻蜓吗?"

云点点头，说："像，你是一只好看的红蜻蜓。"

女孩笑了，又像蜻蜓一样跑远了。

女孩跑走了，云只好一个人坐在那儿，呆呆地看那些蜻蜓。河滩上很静，云甚至听到了蜻蜓羽翅抖动的声音。继而，云又觉得那不是蜻蜓羽翅抖动的声音，而是蜻蜓的声音，是蜻蜓说话的声音。云很惊喜自己的发现，云又大声喊女孩过来。女孩跑了过来，云指着蜻蜓跟女孩说："你听到蜻蜓的声音了吗?"

女孩侧耳听了听，摇了摇头说："没有声音呀。"

云说："你认真听听。"

女孩认真起来，听了一会，女孩说："我好像听到蜻蜓羽翅抖动的声音。"

云说："那不是蜻蜓羽翅抖动的声音，那是蜻蜓的说话声。"

女孩眨眨眼，看着云，说："那是蜻蜓说话的声音？"

云点点头，嗯一声。

女孩说："那你听到蜻蜓在说什么？"

云说："蜻蜓说你在想我。"

女孩忽然发现中了云的圈套，脸一红，开口说："我才不想你呢。"

说着，女孩跑走了。

那个春天，女孩和云常到河边去。天渐渐热了，常有人下河游泳。这天来了两个孩子，其中一个脱了衣服要下河。女孩见了，喊住孩子，劝他莫下去。孩子说他会游泳。女孩便说小心呀。然后，坐在那儿看孩子。孩子游着游着，忽然在水里挣扎起来，喊救命。女孩见了，飞快地下水去救孩子。那个不会游泳的孩子，也扑下水去，结果女孩救起了那个小孩，而那个不会游泳的孩子，却被淹死了。

云那时也在河滩上，但他没下水，女孩上岸后瞪着云，问道："你为什么不下水救孩子？"

云回答："我不会游泳。"

女孩没有因此而原谅云，女孩说："你还不如一个孩子，人家孩子不会游泳，也下去了。

云一脸愧色。"

女孩过后不睬云了。她常到河边走走，一个人来，从不喊云。云知道女孩会去河边，女孩不喊他，他便自己去，但在河边女孩不理他，女孩只顾满河滩跑，追蜻蜓。云起先看着女孩，还厚着脸皮跟女孩说话，说女孩是一只好看的红蜻蜓。女孩一般不做声，但有一天女孩大声呵斥云，说："我讨厌你，你不要来烦我。"

云一脸难受的样子。

云过后没去打扰女孩，云又和以前一样呆坐在河滩上。

一天女孩没来，云一个人坐在河滩上。不久走来了几个孩子，孩子要下河游泳，云站起来拦住他们，云说你们不能下去，还说前几天这里淹死一个孩子。孩子不听，说他们会游泳。云劝不住，便说："你们小心呀！"孩子说："你放心。"说着，纷纷往水里去。但游了一会儿，一个孩子大声说脚抽筋了，喊救命。云见了，一头扑进水里。

　　云不会游泳，他不但没救起孩子，自己也被水冲走了。

　　女孩是后来听到这个消息的，女孩一脸的悲伤。女孩再到河滩上去，不再满河滩跑了，而是像云以前一样静静地坐在河边。

　　天天如此。

　　一天一个孩子走近女孩，孩子说："你天天坐在这儿做什么呀？"

　　女孩说："听蜻蜓说话的声音。"

　　孩子说："蜻蜓会说话吗？"

　　女孩说："会。"

　　孩子说："蜻蜓说什么呢？"

　　女孩没回答孩子，一副失神的样子，看着滔滔河水说："蜻蜓在说想你，你听到了吗？"

山东老孔

那年在井冈山开会，与会代表大都是从南昌驱车而来的。南昌距井冈山有近四百公里，坐车得五六个小时。散会那天，主办单位安排我们早上六点用餐，六点半下山。考虑到路远，在我们用过早餐后，主办单位还给每个人发了一代干粮，里面有两个包子，两个馒头和两个鸡蛋。很显然，这是让我们路上充饥的。

但我们开车后，发现主办单位这样做是多此一举。早上已经吃饱了，一两个小时之内谁也不会吃东西。就是想吃东西，路边有店，来开会的大多是领导干部，还不在店里吃。出于这样的想法，车开后不久，我单位一个同事就拿着那袋干粮看着我，跟我说这东西没用，扔了吧。另一个同事说这东西是没有用，天这么热，谁吃这东西。我跟他们的想法一样，我在他们说过后点点头。两个人见我点头，伸手就要把手里的东西往外扔。但这时一个人拦住了他们，这人姓孔，也是一个领导，是从山东来的，开会期间我们喊他山东老孔。山东老孔搭我们的车去南昌，然后转车。他伸手拦住那两个人后，跟他们说给我吧。说着，把那两代干粮拿了过来。我们中的一个就说：你吃得下这么多？另一个说：你是带到火车上去吃吧？山东老孔没做声，只笑了笑。

车开了一会，山东老孔突然说停车。司机以为他要方便，赶紧把车停了下来。山东老孔在车停了后下车了，但他并没方便，而是弯腰在路边捡起了一个塑料袋。

这正是我们离开时主办单位发给我们的干粮，大概前面车上有人跟我们的想法一样，他们也把这东西扔了。等山东老孔上来，又有人看着山东老孔，跟他说我们的都给了你，你还要捡呀，你到底吃得了多少。

山东老孔也没做声，还是笑。

车又开了一会，山东老孔又喊停车。有了上回的经验，我们知道他要做什么，果然，我探头一看，路边又有一袋干粮。

在接下来的一段时间里，山东老孔又喊了几次停车。每次，他都下去捡起一袋干粮。以致后来我们见到路边有，也会发一声喊，让车停下，然后看着老孔下车去捡。

山东老孔再一次喊停车时，我们都没看见路边有什么。我们不知道他为什么喊停车，大概，他这回真要方便了。

但我们又错了，老孔在下车前，把他捡的那些干粮用两个大塑料袋装好，总共有十来袋。下车后，他快步走向了几个在地里耕作的农民。

我们知道他要做什么了，他把那些干粮交给了农民，然后，在农民的挥手致意下回到车里。

车里再没一个人说话，但每个人都有些脸红。

我后来再没见到山东老孔，但我一直记着他。我单位里那两个同事也记着他，一次他们问我，跟我说不知山东老孔现在在哪里。

我是这样回答两个同事的，我说他在老百姓心里。

真的，我真是这么认为的，一个心里装着老百姓的人，老百姓心里也一定装着他。

善待生命

　　我经常在公园锻炼，这儿有很多健身设施，有健骑机、漫步机、扭腰机，还有单杠、双杠和乒乓球桌等。公园的环境非常好，到处是树，那些健身设施大都在树下。有了这些树，我们头顶便有了一片绿荫。但美中不足的是，树上有很多鸟，是那种飞起来姿态很优美的白鹭。这些白鹭大都在树上筑巢，栖息在树上。麻烦便来自这些白鹭，我们在树下锻炼，它冷不丁把一泡屎拉在你身上，很让人扫兴。我身上就经常滴着鸟粪，斑斑点点到处开花。对此，我毫无办法，唯一能做的，就是回家把衣服洗了。

　　有一个年轻人，也跟我一样经常来锻炼。毫无疑问，他身上也经常开花，斑斑点点滴满了鸟粪。有一天，当又一滴鸟粪滴在他身上时，这个年轻人勃然大怒了。年轻人不知从哪里找来了一根竹竿，要捅树上的鸟窝。但竹竿短，够不着。年轻人便爬上树去。这个年轻人单杠、双杠都练得非常好，很会爬树，不一会就爬得很高。我和许多人在树下劝年轻人，让他别捅鸟窝。但年轻人不听。在树上，年轻人三下两下捅了几个鸟窝。窝里有好多幼鸟，都跌死在树下，让人惨不忍睹。

　　不是所有的人都像这个年轻人。有一个老人，也经常来锻炼。一天刮大风，从树上吹下一只幼鸟。老人见了，捡起了幼鸟。在此后半个多小时里，老人和好多人都在想着办法把这只鸟送回鸟巢。没有别的办法好想，只能爬树，好在这只鸟窝不是太高，天天锻炼的老人孔武有力，他居然爬上了树，把鸟送回了窝。

这两件事，谁对谁错一目了然。难怪有一个孩子，在年轻人把鸟窝捅下来时急得要哭，骂年轻人是坏人。甚至很多大人，也跟孩子一样，在心里把年轻人看成一个坏人。

其实，不能仅凭年轻人捅一次鸟窝，就得出他是坏人的结论。但我还是觉得年轻人有些残忍。我以为，不管是什么东西，只要它是生命，我们就应该善待。

这件事没完，后来的一天，我看见年轻人头上用纱布缠着。显然，年轻人头上受伤了。一个大妈，告诉了我年轻人怎么受伤。大妈说早几天，有一个人用半截砖头去扔树上的白鹭，那半截砖头掉下来，不偏不倚，正好砸在年轻人头上。大妈又说善有善报，恶有恶报，年轻人这下遭到报应了。

我也觉得是这么回事。

当然，我无意宣扬因果报应，但如果每个人都善待生命，那么年轻人也不会让一块砖头砸得头破血流。

善待生命吧，那其实是善待我们自己。

伸出你的手

一

有一个人，手里拿着厚厚的一叠广告纸，在街上或超市门口，见了人，就伸手把广告纸递给人家。往女人跟前走过的人，大都会伸手接过女人递来的广告纸。接过后有人会看一眼，也有人不看，甚至有人在女人转身后就把广告纸扔了。但不管怎样，伸手接过女人递来的广告纸，至少是对女人的一种尊重，一种礼貌。

有一个老同志与众不同，老同志在女人递来广告纸时，没有伸手去接。甚至，老同志看都不看女人一眼。女人经常看得见老同志，女人见了老同志，伸手把广告纸递给他。又见了老同志，也把广告纸递给他。再见了老同志，仍把广告纸递给他。女人这时候真的很希望老同志会伸出手来，但这只是女人希望，老同志从来就没给女人伸出过手。

这天，老同志又往女人跟前走过，女人已经不敢再伸手把广告纸递给老同志了。女人木木地看着老同志在跟前走着，忽然，老同志踩在一块瓜皮上，老同志往前滑着，身子往后倒。女人就在跟前，女人只要一伸手，就可以扶住老人。但女人居然没把手伸给老同志，想到老同志以前那样的傲慢，那样的看她不起，女人犹豫了。这一犹豫，悲剧发生了，老同志摔倒了，重重地摔倒在地上。

老同志再没爬起来，他被摔得脑出血。当然，这是到医院后，医生得出的结论。

　　其实，女人只要伸出她的手，或者，老同志以前给女人伸出过手，这样的悲剧就不可能发生。

　　由此可以看出，人与人之间的距离，其实就在互相伸手的刹那，拉近了。

二

　　有一个男人，在游泳馆做救生员。有不会游泳的人滑进深水区，救生员总是飞快地游过去，然后说："伸出你的手。"有时候救生员会说得更明白一些，救生员说："伸一只手给我。"滑入深水的人有大人孩子，男人女人，但都是不会游泳的人。听救生员这样说，伸一只手出来。救生员用一只手接住，用另一只手划水，把滑入深水区的人带到浅水区。到了浅水区后，救生员会作一些解释，救生员说："在水里，你们只能把手伸给我，而不能抱着我。"救生员说："有些落水的人，总是死死地抱着前来救援的人，弄得救援的人也不能动弹，这结果就是一起沉到水里。"最后，救生员重复着说："在水里面对救援的人，伸出你的手，就够了。"

　　救生员在游泳馆工作了很长时间，后来，无数来过游泳馆的人都知道，倘若落水，千万不能死死地抱着救援的人，伸出你的手，就够了。

　　这天，一个女人特意到游泳馆来感谢救生员。女人说他们几个人乘船过渡，中途船翻了，几个人一起落水。当中会游泳的人，主动去救那些不会游泳的人。但悲剧发生了，一个不会游泳的人，死死地抱着前来救他的人，结果两个人一起沉了下去。女人说她曾经来过游泳馆，知道面对救援的人，伸出自己的手，就够了。结果女人很幸运，他被人成功地救了起来。

　　真的该记住，万一落水，面对救援的人，伸出你的手，就够了，千万不能死死地抱住前来救你的人。

　　当然，伸出你的手，不仅仅只在落水的时候。

乡村老人

　　行走在乡村，我看到最多的是老人，走过一个又一个村庄，看到的是一个又一个老人。走过一块又一块田畈，看到的，还是一个又一个老人。在乡村，我也看得到孩子，但那孩子是老人带着。孩子的父母打工去了，老人便充当着孩子的父母，屎一把尿一把地把孩子带大。乡村老人不仅要带孩子，还要种地，看到一块菜地青青翠翠，我知道那是老人种的。看到一块瓜地瓜熟蒂落，我知道那也是老人种的。芝麻开花了，禾苗抽穗了，甘蔗节节高了，南瓜让孩子抱不动了，这都是老人辛勤的结果。这些老人，让乡村绿了，让乡村活了，也让乡村有了鸡鸣狗叫，是他们让乡村有了勃勃生机。

　　在城里也见得到这些老人，天还蒙蒙亮的时候，有老人挑着菜上街了。不管哪一条进城的路上，都看得到这些挑着菜筐的老人。筐里的菜并不多，几把韭菜、空心菜、小白菜或是几把大蒜几把葱。筐里也可能是几根丝瓜、几只葫子、几只苦瓜，反正什么菜都有。这一点点菜，不重，但老人仍然被压的步履蹒跚。路远，十几里或二十里，老人走一阵歇一阵，走了大半个早晨，才进了城。有一天，我看见一个很老很瘦的老婆婆筐里只有十几只萝卜，我那天正要买萝卜，就问老人说："萝卜几多钱一斤？"

　　老人说："三角。"

就那些萝卜，我全买了，总共也就是四块多钱。我把钱给了老人，然后说："你到城里很远吧？"

老人说："十几里。"

我说："你进一趟城要几个小时，就卖这一点萝卜，不划算的。"

老人说："我也想多挑些萝卜来卖，但老了，挑不动。"

这个老人，我后来在乡下见到她，准确地说，是在老人的萝卜地里见到她。当然，开始的时候，我只是在老人的地里拔了几个萝卜。那天，我开了半天车，口渴了，恰好看见路边一块萝卜地，我停下车，拔了一个萝卜吃。我车上还有几个人，也一人拔了一个。地里的萝卜栽得很好，我们拔出的萝卜很大，我们其实吃不完这么大的萝卜，余下大半截，都被我们扔了。过了一天，我往那块萝卜地里走过，就看见那个又老又瘦的老人了，显然，是老人栽出了这一大片的萝卜。想到拔了老人那么多萝卜，我心里很有些惭愧，我随后下了车，掏了五块钱递给了老人。

老人也认出了我，看我给他钱，就说："又买萝卜呀？"

我说："不是，是那天我们拔了几个萝卜吃。"

老人说："是你们拔了我的萝卜呀？"

我难为情的样子，我说："当时口很渴，看到地里的萝卜，就拔了，我给五块钱吧，算我买了那些萝卜。"

老人说："地里的东西，吃了就吃了，给什么钱呀？"

老人说完，不管我怎么把钱塞给她，她都不要。我只好作罢，然后看着老人说："这么大年纪了，怎么还在种地呀？"

老人说："现在的乡下就是我们老人种地，比我们年轻一点的都出去打工了，再年轻的人，在家也不会种地，我们歇下来，这地就会荒了。"

我说："那就让它荒吧。"

老人说："看不惯呀，看见地荒了，我们心里也慌。"

我当然知道现在农村这种现象，行走在乡下，我真的只看见这些老人，没有这些老人，农村的土地恐怕真的都要荒了。

和老人说了一会话，我离开了，在离开之前。我趁老人不注意，把五块钱丢在老人脚下。拔了老人那么多萝卜，我真的很惭愧，我觉得无论如何要补偿老人。

这后来的一天，我开车往那儿过，又看见老人了。老人还认识我，一见我就喊着我说："终于看见你来了。"

我说："有事呀？"

老人说："你那天掉了五块钱在我地里。"

老人说着，在身上掏钱给我，边掏边说："这五块钱我一直放在身上，等你来拿。"

我说："这不是我的钱。"

老人说："怎么不是，我地里又不长钱，就是你那天掉的。"

说着，老人把钱塞给了我。

我一直喜欢在乡村行走或者说我一直喜欢在乡下玩，我现在明白了，这些可敬可爱的老人，就是我喜欢乡村的来由……

乡村绣

年轻女孩叫车欣，是金溪县黄坊村一个漂亮女孩。平时我在乡村行走，很难看到年轻漂亮的女孩，只能看到老人和孩子。原因众所周知，那就是年轻又漂亮的女孩都出去打工了。但 2011 年 10 月 20 日，我却在黄坊村，看到车欣坐在她家门口绣十字绣。见我走近，车欣看着我笑了笑。这笑，立刻拉近了我和车欣的距离。我停下来，问着车欣说："你在绣十字绣呀？"

"乡村绣。"车欣说。

我问："什么叫乡村绣？"

"绣的内容都是乡村风景。"车欣告诉我。

我点点头，明白了，我问："村里年轻人都出去打工了，你没出去吗？"

"出去了，但又回来了。"车欣说。

"怎么回来呢？"我问。

"我不想出去，其实在家里有很多农活做。"车欣看着我说。

我在车欣看着我时，真的觉得这是一个很好看的女孩，可能是在城里打工久了，车欣根本不像一个农村女孩，她像我天天在城里见到的那种城里女孩。有了这样的看法，我跟车欣说："你现在不像农村人。"

车欣说："我像什么人？"

"城里人。"我说。

"可是，我更喜欢我们农村。"车欣说。

我说："如果你一直待在农村，你又会变得很土气，像个乡下人。"

"我不在乎，我本身就是个乡下人。"车欣说。

车欣说着时，一个老人家走了来。车欣喊她外婆，车欣的外婆看了看我，也笑了笑，然后说："我这外孙女跟别人不同，别人都去城里打工，她却回来了，说要跟她爸爸种田。"

车欣说："你不觉得爸爸忙里忙外很累吗？"

车欣说着，有人"车欣、车欣"地喊起来。车欣应一声，跑走了。

车欣其实跑不了，我心里记着她。

我一直喜欢农村，没事时，就喜欢在乡下到处走。这天，我又去了黄坊，也去了车欣家门口。但这天我没看到车欣，只看到车欣的外婆，我问老人家说："你外孙女呢？"

老人伸手指了指，跟我说："在那儿摘橘子。"

我就往老人手指的方向去，我想再见一见车欣。但走了半天，也看到很多摘橘子的人，就是没见到车欣。

没隔几天，我又去了，也没看到车欣，仍看到车欣的外婆，我知道车欣做事去了，我跟车欣的外婆说："你外孙女又做事去了呀？"

"在那边割禾。"车欣的外婆说。

老人家说的那边到处都是人，我不可能看得到车欣。是傍晚了，那些人沐在一片通红的晚霞里。

再一次到黄坊，就见到车欣了。车欣门口晒满了谷，也是傍晚，车欣把谷一下一下推成一堆，然后用撮箕把谷往编织袋里装。车欣明显黑了，但因为年轻，车欣依然好看。车欣见我走来，又笑了笑，然后说："好久没看到你。"

我说："我来过，但你总在忙。"

车欣说："我是忙，我家里种了50亩地，栽了几十棵橘子树，我爸爸还买了一台收割机，帮村里人割禾，你上次问我怎么会回来，如果我不回来，我爸就忙不过来。"

车欣的话平平淡淡，但我却感动了或被打动了。车欣还在撮谷装谷，车欣或许觉得她做的这些事也平平淡淡，但它平淡吗？在很难见到年轻人的乡村，车欣一点也不平淡。她在乡村出现，让我觉得乡村不仅仅只有老人和孩子了。车欣或许自己都不知道，在乡村里看到她这样的女孩，会让我觉得我们的乡村也年轻了。车欣是乡村里的一抹绿，一片黄，她是乡村最美的色彩。

后来再去黄坊时，依然没见到车欣，车欣的外婆仍说车欣做事去了。但这天，我在车欣屋里看到她绣的乡村绣了。真的是一幅乡村风景画，画的下面是一片金黄的稻穗。远处，是橘树和柿子树。柿子黄了，橘子也黄了，画里的乡村一片金黄。看着那一片金黄，我忽然想，这乡村其实不是车欣绣出来的，这原本就是车欣心里最美好的风景！

枣香婆

　　枣树花开的迟。

　　早春二月，多晴了几天，一些桃树就开花了，稍迟一些，梨树李树也开花了。桃树花艳，一片桃树把花开起来，灿灿烂烂红了一片天。梨花也艳，一片梨树开花了，远远看去，像一片白白的云彩飘在天上。桃树梨树开花时，枣树还是光秃秃的，没开花，也没长叶，像个打着赤膊的汉子。到五月了，枣树上才看得见细细的花。相比之下，枣树的花就很不起眼了，花很小，也不艳。一片枣树开花了，但站在远处，根本看不到那一树枣花。近了，看到花了，那一树细细的花，不辉煌也不灿烂。它默默无闻地开在树上，总让人视而不见。

　　也不是所有的人都对枣花视而不见，有一个老人，叫枣香婆，她就喜欢枣花。枣香婆门前屋后都是枣树，枣树花开了，老人就很高兴，进进出出都要往树上看，不仅仅是看，是端详。看着时，老人脸上也开了一朵花。

　　常有些城里人走来，这些城里人认识桃树、梨树、李树，看见桃花开了，他们会说"去年今日此门中，人面桃花相映红"，看见梨花开了，他们又说"忽如一夜春风来，千树万树梨花开"，但他们不认识枣花，看到那细细的花，都会问一声："这是什么花呀？"

"枣花。"枣香婆说。

"哦，这就是枣花呀，不起眼呀。"

城里人似乎并不流连枣树，看一眼后，走了。枣香婆就有些失落了，她会大声跟城里人说："枣子熟了的时候，来吃枣子。"

城里人就感觉到老人的热心了，一个人说："你的枣子好吃吗？"

"好吃。"老人说。

城里人说："好，到时我们来吃。"

城里人随口说的一句话，枣香婆却当真了。此后，枣香婆就盼着枣子快快熟起来，也盼着城里人来吃枣子。但从枣树开花到枣子红了熟了，要好几个月。枣花谢了，枣香婆就看得见枣子了，只有米粒那么大，青青绿绿的。此后，枣香婆每天进进出出都要看一遍枣子，看着它们慢慢由小变大，由青变红。到十一月了，枣子才熟了。熟了的枣子半青半红，枣香婆没牙齿了，但还是会摘一个塞进嘴里，枣子其实不好吃，但枣香婆仍吃得津津有味的样子。

城里人来了，其实不是当时那几个人，但枣香婆觉得就是他们，枣香婆跟他们说："你们来了，吃枣子。"

几个城里人就眨着眼睛，互相看着说："我们来过这里吗，好像没来过呀？"

枣香婆不管他们来过没来过，摘了枣子给他们吃。几个城里人就把枣子往嘴里塞，但吃过，没一个人说好吃，他们说："这是什么枣，一点都不好吃。"

的确，枣香婆的枣子不好吃。

其实，不仅是枣香婆门前屋后的枣子不好吃，村里所有的枣子都不好吃。这枣子叫康枣，是乡下的土枣子，比不上超市里卖的蜜枣和脆枣，那些枣子又甜又脆。自从超市里有这些枣子卖，村里的枣子就没人吃了。家家门前的枣子红了熟了，都没人收、没人管。熟透了，那些枣子就掉在地上，满地都是。枣香婆看见满地的枣子，觉得很可惜，她总是自言自语地说："这么好的枣子，怎么就没人要呢？"

枣香婆不会让自己的枣子落在地上，枣子完全熟了，她会打下来，然后端着枣子家家户户去，不管见了大人还是孩子，她都说："吃枣子。"

大多数人不要，他们也不给枣香婆面子，在枣香婆把枣子递给他们时，他们说："这枣子不好吃。"

枣香婆说："还好吃呀，你们怎么说不好吃。"

"好吃你就多吃点。"大家都这么说。

枣香婆是吃得多，但那么多枣子，他永远也吃不完。吃不掉，枣香婆就拿到城里去卖，但城里人似乎也知道她的枣子不好吃，半天也没一个人来买。偶尔有一个人走来，问着枣香婆说："这枣子好吃吗?"

枣香婆忙不迭地说："好吃好吃。"

那人就拿一个放嘴里尝，尝过，那人说："不好吃呀。"

又说："你这是王婆卖枣，自卖自夸。"

说过，那人走了。

枣香婆又忙不迭地喊住人家，枣香婆说："拿些去吃吧，不要你的钱。"

那人还是没回来。

这年，是枣子的大年，满树的枣子，把树枝都压弯了。枣香婆仍然把它们打了下来，枣香婆不想浪费那些枣子，学着做起红枣来，也就是超市里卖的那种经过加工的红枣。工序挺复杂的，先要在太阳下晒几天，然后放火上蒸，蒸好后，再拿出来晒。大家不知道她做什么，都问："枣香婆，你做什么呀?"

枣香婆说："做红枣呀。"

大家说："我们也做得出红枣?"

枣香婆说："做得出。"

果然，枣香婆真把那些枣子做成了红枣，做好后，枣香婆端着红枣家家户户去，不管见了大人还是孩子，仍说："吃枣子。"

有人看着那皱皱巴巴的枣，问她说："这枣子好吃?"

枣香婆说："好吃。"

有人接过往嘴里塞，然后说："好吃，真的好吃，像超市里买的。"

枣香婆听了，笑了。

一个孩子在枣香婆笑着时说："枣香婆，你笑起来也像这红枣耶！"

走在乡间的小路上

  有一天，我回老家吃成事酒，在我们抚州乡下，成事就是订婚的意思。在乡下，订婚酒甚至比结婚酒还排场，订婚酒的钱由男方出，女方会把所有的亲戚叫来，也不要送礼，白吃；年长的，还发打发钱。订婚酒吃过，男女就住在一起了，然后怀孕，生孩子。生了孩子，结婚酒办不办就无所谓了。也因此，在乡下，订婚酒是非常重要的，女孩子订了婚，就表示有人家了。

  我这天吃的是女方的订婚酒，订婚的女孩叫桑阳。我有好久没见她了，甚至都记不清她什么样子了。不仅是桑阳，就是老家，因为许久没回来，也陌生起来。我走在乡间的小路上，看到一幢又一幢的新房子，我不知道这些新房子是谁家的。因为这一幢又一幢的新房子，我老家也变了样子，变得熟悉而又陌生，甚至，我有一种走在异域他乡的感觉。进村了，很多人往一幢新房子里去，有人告诉我，那就是桑阳家，订婚酒摆在这儿。因为酒在女方摆，男方来的人不多，全是女方的亲戚。我去的时候，人来了很多，我算了算，楼上楼下包括院子里总共摆了十多桌，每张桌上都坐了不少人，热热闹闹。不停地还有人走来，一个人走来，有人喊着他，说："陈总，你好久没回来了。"这个陈总说忙。又有人问："你现在在做什么？"陈总说："在抚州工业园区办厂。"又走来一个人，有人喊他陈老板，并问："你不是在广东吗？"陈总说："不错，我从广东开车过来的。"一个年轻人也开了车来，有人知道他在福建做生意，便问他："你从福建开车过来呀？"年轻人说："不错，我特意从福建赶回来。"当然，大多数人不是开车来，而是骑摩托车、电瓶车或自行车来。大家多多少少沾亲带故，平常各忙各的，很少见面，现在见了，非常亲热。

很快开酒了，我这桌只坐了八个人，一个胖子，我记不清他是女方什么亲戚，他告诉我，他在抚州搞装修，他跟前放了一只手机和一把汽车钥匙。手机是 iphone，那把钥匙上有上海大众的标识。显然，这是一个在抚州赚到钱的主。一个年轻人，脖子上戴一根粗粗的项链，他说他在抚州开餐馆。桌上还有两个女孩，她们说在抚州洪客隆超市做收银员。再一个我认识，在抚州一家银行做保安，我去银行取钱，经常见得到他。还有一对老夫妻，年龄差不多有六十岁了，看他们的装束，像在家作田的样子，但交谈了一会，才知道他们根本没住在乡下，他们在抚州侄子的建筑工地上看工地。这一桌连我八个人，不管年纪大年纪小，也不管男女，都离开乡下，在抚州做事。

不一会，桑阳的父母过来敬酒。他们也有五十来岁了，一直在抚州做生意，还在抚州买了房。他们平时很少在乡下，我到乡下来，从来没见过他们，倒是经常在抚州看得到他们。他们敬过酒，桑阳和她男朋友过来敬酒。有人问桑阳在哪里做事。桑阳说以前在抚州纺织厂做事，订婚后他会跟男朋友去上海。有人问为什么去上海。桑阳说她男朋友在上海。在桑阳敬酒时，有人问她："怎么不见你爷爷呢？"桑阳就到处看着，果然没见，就问着父亲说："爷爷呢，怎么还没来？"

桑阳父亲说："他在田里栽禾，我说今天你订婚，让他别去，可他说地里事多，还是去了。"

桑阳母亲脸色明显不好看，她说："今天是什么日子，还在外面瞎忙？"

桑阳说："我去叫他们。"

桑阳说着，要走，但她父亲喊住他，然后自己跑走了。

过了好一会，桑阳爷爷来了，他还不到七十岁，但样子明显比年龄要老许多，满头白发，满脸皱纹。桑阳的母亲埋怨他说："阳阳订婚，还去地里做什么？"

老人说："今天都五一了，古话说不栽五一禾，可我今天还没把禾栽完，所以下地栽禾了。"

桑阳父亲说："叫你不要种田，你这是没事找事。"

老人说："都不种田，地就荒了。"

桑阳父亲说："荒就荒了，有什么了不起。"

老人说："地都荒了，你们吃什么？"

老人说着，拿了饮料要敬大家，但这时候酒吃的差不多了，有人离席，走了。

几天后，我有事又去了一趟老家。几天前村里因为桑阳订婚，热热闹闹，满村都是人，但今天，村里冷冷清清看不到什么人。看到了一个人，是老人；又看到一个人，也是老人；再看到一个人，还是老人。我没看到桑阳的爷爷，问了一个老人，说他在地里。我想去看一看他。我走出村子，顺着一条乡间小路往前走。很快，我看到一个老人在地里，我以为他是桑阳爷爷。我走过去，近了，看见他并不是桑阳的爷爷。又看到一个老人，我又以为他是桑阳的爷爷，走近了，也不是。再看到一个老人，我仍以为他是桑阳的爷爷，近了，还不是。我这天在乡间的小路上走了好久好久，我看到无数的老人或者说我看到忙碌在田间地头的都是老人。我再没着意去找桑阳的爷爷，他肯定在这些老人的行列里。此刻，地里的禾已经栽好了，满眼翠绿，我知道，是这些老人，给田野、给乡村铺就了这无边的绿色……

风 铃

芊生病住了半个月院，到她出院时，病好了，但另一种病，却在她出院后生出来了。

这是相思病。

芊是我见过的最多情的女孩子，芊总跟我说：你不知道他有多好，我没见过世上有这么好的人。

芊又说：他也喜欢风铃，他一有空，就到我窗前看我挂在那里的风铃，那是我做的风铃，他说我做的好，说我手巧。

在芊的声音里，我眼里走出一个医生来，他应该穿着白大褂，他的样子应该很年轻，也很英俊。他在窗前伫立，眼睛看着窗前的风铃，还说：这是你做的风铃吗？

芊这时应该躺在床上，芊满脸绯红，还说：是我做的，好看吗？

好看，你的手很巧。

芊满脸的陶醉。

可惜，这场景只在我的想象里或者只在芊的记忆里。芊哀怨的声音又起：不知道什么时候还能见到他。

我说：你去医院里，不就能看见他吗？

芊说：他走了，他是实习医生，现在分到外地医院去了。

我不知道怎样安慰她了。

好长一段时间，芊都这样，总把那些话说来说去，说得动情时，还流泪。看着她的泪水潸然而下，我真正觉得芊是这个世上最多情的人。芊后来又买来很多彩带彩管，做了一只很大的风铃。那时候，我们抚州时兴用彩带做风铃，我往街上一走，几乎家家户户门口都挂着彩色的风铃。但谁的风铃也没有芊的风铃好看。芊的风铃流光溢彩，有风吹来，叮铃作响，音乐一般让人陶醉。

我去南昌出差，芊知道了，硬让我把风铃带给那个医生。我能拒绝吗，不能呀。芊的相思写在风铃上，捎去了风铃，也就捎去了芊的相思。

我很快见着医生了，果然他很年轻，也很英俊。自我介绍后，我把风铃递给他，我说：芊让我把这只风铃带给你。

医生说：芊是谁？

我说：你忘记她了吗，你在抚州实习时，芊是你的患者。

我还说：你说过她的风铃好看，说她手巧。

医生说：是吗，我记得当时好几个患者都会做风铃，我记不清芊是什么样子了。

我从头凉到脚了。

医生终究没收下那只风铃，不管我怎样说，医生都不收，医生说：这只风铃做得这么精细，我连人家什么样子都记不起来了，怎么能收人家的东西呢。

我只好失望而回。

不过，我没把失望带给芊。芊一直在等我回来，望眼欲穿的样子，我不忍心打击她。我在她紧张地看着我时，开口笑了笑，还说：我把风铃带到了。

芊有点迫不及待的样子，芊说：他说了什么？

我说：他说你的风铃好看，还说你的手巧。

就这些吗？

他还说你是个好女孩。

真的吗？

真的。

芊忽然笑了。

那个风铃，我当然不敢还给芊，在屋里藏着。

芊以后总是笑着，当然，也有不笑的时候，这是芊坐在窗前的时候。她的眼睛望着远处，痴迷的样子。她眼里，是不是看见那个男人了。

大约半年后，忽然看见芊挽着一个男人走在一起，走近了，竟看见那男人是我见过的那个医生。

我很惊讶，不知他们怎么走到一起了。

再见着芊时，我要解释，但还没开口，芊先开口了，芊说：你不要解释了，我知道你骗我是为了我好，你怕我难过，才骗了我，是吗？

我点点头，同时仍是一脸迷茫。那医生连芊什么样子都不记得了，他们怎么会走在一起呢？芊好像是我肚里的虫子，她看出了我的心思，芊说：你想问我们怎么走在一起吗，告诉你，我去找了他。

我说：你怎么敢去找他。

芊说：我是个好女孩呀，你告诉我这是他说的，既然我在他心里是个好女孩，我怎么不可以去找他呢！

我明白了，我说：没想到弄假成真了，现在，那个风铃应该还给你了。

芊说：我又做了一个，那个，就送给你做纪念吧。

这个风铃，后来一直挂在我窗前，在风里，风铃总是叮铃叮铃地跟我述说着芊的故事。

去王坊的路

　　有时候，一条乡下的小路，会让我觉得很美好。小路有的弯曲，有的笔直，但不管它弯曲还是笔直，它都通往远方。远方让人向往，我总是在小路上一个劲地走下去，朝着向往的地方走去。小路两边是树，高高矮矮，错落有致。树是乡村的造型师，那些树伫立在路边，就把一条路伫立成了风景。路边也开着花儿，有一种野菊花，细细的，一朵两朵都不起眼，我相信路上很多的人都不会留意这样细细的花。但有一天，路边的花都开起来了，一排排、一行行、一葱葱、一簇簇，这花就让人驻足，让人喜欢了。一天，我看见一条路，有人告诉我这路通往王坊。我没去过王坊，但我相信那是个美好的地方。这路左边是山，右边是湖，而路上，也开满了细细的野菊花。我在路上流连，觉得这儿是一幅画，一幅很美的山水画。

　　后来，画里面走来一个人，一个女孩，那种乡村穿红衣服的女孩。乡村的女孩大气，女孩笑着看着我，还说："看你在这儿待了好久了，看什么呢？"

　　我说："我觉得这儿很美，是一幅画。"

　　女孩说："有这么美吗，我们怎么不觉得？"

　　女孩说着，笑着走了，我在女孩走了后忽然觉得，这是个很美的女孩，我们虽然只说了两句话，但我已经记住了女孩或者说我就把女孩刻在心里了。

再来，我就希望再见到那个女孩，那个穿红衣服的很美的女孩。但好久过去了，女孩也没出现。一天一天过去，我也没见到女孩。我后来怀疑起自己来，我觉得我等的人并不存在。或许，以往只是一个幻觉，她是我心里对美好的一种幻想。

一天，我又去了，一个人见了我走过来，说："总看到你到这儿来，做什么呢？"

"等人。"

"等谁？"

"一个女孩。"

"她是谁？"

"不知道。"

"那她叫什么呢？"

"我也不知道。"

"你什么都不知道，还等她？"

"我希望再见到她。"

终于有一天，我见到女孩了。但不是在那条通往王坊的路上，而是在我们抚州街上。一个穿红衣服的女孩，跟我点了点头。我看见女孩跟我点头，就说："你认识我？"

女孩说："我见过你。"

我说："你在哪儿见过我？"

女孩说："我在那条去王坊的路上见过你呀，你说那儿很美，是一幅画。"

我说："你就是那个我在去王坊的路上见过的女孩？"

女孩点点头。

我说："你是她吗？"

我的话让女孩多少有些意外，女孩不好意思地笑笑，走了。

我不相信这女孩就是那个我在去往王坊的路上见到的女孩，她不像，一点都不像。那个女孩，只有在去往王坊的路上才能见到。于是，我又去了那条去往王坊的路。路左边是山，右边是湖，两边开满了细细的野菊花。这样的地方是一幅画，一幅很美的山水画。忽然，画里面走来一个人，一个女孩，一个穿红衣服的女孩。我不知道她是不是我见到过的那个女孩，但我觉得这女孩很美，在这样一幅画一样的地方，我忽然觉得，女孩其实就是画里的风景。

恋 爱

女孩跟男孩打电话。女孩问："在做什么呢?"

男孩说："想你。"

女孩说："我也想你。"

男孩问："真的吗?"

女孩说："你说呢?"

男孩说："我不知道。"

女孩说："那我不想你了。"

男孩说："你敢?"

这些话男孩女孩说了一百遍一千遍了，还是天天重复着。不过，他们也会说些别的，这天，女孩就跟男孩说："你知道吗，我刚才在街上看到一双鞋，好好看噢。"

男孩说："要多少钱?"

女孩说："360 多块。"

男孩说："这么贵呀?"

女孩说："这算什么贵，我姐妹穿的一双鞋几千块。"

男孩说："你姐妹找了土豪吧?"

女孩说："不错，是找了土豪，人家穿的衣服鞋子都是几千块的。"

男孩说："你好像很羡慕人家？"

女孩说："我有吗？"

男孩说："有，当然有，感觉你有些变了。"

女孩说："哪有呀，我真羡慕人家，我也可以去找个土豪。"

男孩说："你在嫌我吗，嫌我不是土豪，赚不到很多钱，不能跟你买很贵的东西，满足不了你？"

说到这儿，他们实际上在斗嘴了，女孩赌气说："是，你才知道呀？"

男孩说："我就知道你会嫌我，会看上土豪。"

女孩说："不跟你说了。"

女孩说完，把电话挂了。

那时候是晚上，打完电话，男孩很难过，男孩一直在那儿发呆，在那儿胡思乱想。男孩一会儿觉得女孩会跟他分手，一会儿觉得女孩真的会去找土豪。这样胡思乱想，男孩睡不着了，很晚了，男孩还在床上翻来覆去。

忽然，手机响了。

女孩打来的，女孩说："睡了吗？"

男孩说："还没呢。"

女孩说："跟你说个有意思的事。"

男孩说："很有意思吗？"

女孩说："特别有意思，你知道吗，晚上我们打电话的时候，有一个人在边上听到我跟你说的话，这人就是个土豪，你知道我打完电话他跟我说什么吗？

男人说："我怎么会知道？"

女孩说："那人说他就是土豪，说我要找土豪就找他。"

男孩说："这下你可以如愿以偿了。"

女孩说："你胡说什么呀？"

男孩说："你说你要找土豪呀？"

女孩说："这话你也信？"

男孩说："我不知道？"

女孩说："你太没有自信了，你猜我是怎么回答那土豪的？"

男孩很紧张的样子，男孩问："你怎么回答他？"

女孩说："我跟那土豪说，你再有钱也是一个土豪。"

男孩笑了，但女孩看不到男孩笑，女孩说："你在做什么？"

男孩说："想你。"

女孩说："我也想你。"

男孩问："真的吗？"

女孩说："你说呢？"

男孩说："我不知道。"

女孩说："那我不想你了。"

男孩说："你敢？"

树

　　一棵树长在村口，其实，离村不远，长着好多好多树，但因为那棵树不跟它们在一起，所以，那棵树看起来孤零零的。

　　一个老人，也是孤零零的。老人总到树下来，累了，在树下歇着；热了，在树下乘凉。树在风里哗哗作响，那是树在说话，说又来啦。老人听得懂树的声音。老人说我们都很孤单，我来跟你做伴。树也听懂了老人的话，树在风里摇曳着，那是树在向老人点头。老人也点头，笑着。

　　这天，老人又在树下待了好久，天晚了，才回家。老人在家里也看得见树，树站在那儿，一动不动。但这晚，老人发现树动了，准确地说，树会走了，树走到了老人跟前。

　　老人惊呆了，老人说："你是谁?"

　　树说："我是树呀，你天天在树下乘凉，还不知道我是谁?"

　　老人说："你也会走?"

　　树说："不可以吗，我才不愿意永远待在一个地方哩，我想像你们人一样，到处走。"

　　老人说："你们树也想走呀，我还以为你们只愿一动不动地待在一个地方。"

　　树说："谁愿意那样，动不了，你们人类想砍就砍，想伐就伐。"

老人说："那是，会走动，就可以躲走。"

老人说着，看着树走动，树走起来风一样，往前面去。老人见了，又喊："你去哪呀？"

树说："我想去你家里看看？"

老人说："我带你去。"

老人就带树去了他家，树很聪明，很快就发现老人一个人生活。树问老人："你家里只有你一个人？"

老人点点头。

树说："我记得你以前有儿有女，他们也会往我跟前走过，他们呢？"

老人说："他们都生活在城里。"

树说："你为什么不愿去？"

老人说："我去过，但住了几天，就回来了，我还是觉得在乡下好，空气好，也自在，不像城里，到处是房子，一棵树都没有。"

说到城里，树就一脸的羡慕了，树说："我从没去过城里，你能带我去城里看看么？"

老人说："可以呀。"

老人说着，带树往城里去。树就走得很快，一会儿，他们就飘浮着来到了城里。果然，城里一幢房子挤着一幢房子。没什么树，即使有树，也是一些很小的树。树在城里走着，惹很多人惊奇，他们都说："看，那棵树怎么会走呢？"

树有些得意，树跟老人说："会走动真好，可以到处去。"

老人说："你慢点，城市不比乡下那么空旷，不要撞到人。"

树慢下来，后来，在一条大街上，树不愿走了，站下来，立刻有人站在树下，还说："这棵树真大。"

有风吹来，树叶哗哗作响，站在树下的人又说："真凉爽。"

老人当然在树下，老人说："凉爽就多栽些树呀！"

一个人说："哪里有地方，有栽树的地方可以多做一幢房子。"

树听了，就说："那我们不能待在这儿，影响他们做房子。"

说着，树风一样走了。

　　老人跟着树走，在一个地方，老人跟树说："这地方原来叫枫树湾，以前有一大片森林，后来，所有的树都砍了，盖了几十幢大房子。"

　　树叹了一声。

　　在另一个地方，老人说："这个地方叫樟树下，有好多好多大樟树，也砍了，盖了房子。"

　　树又叹气，树说："我的同伴越来越少了。"

　　树后来又停下来，那儿风景好，树不想动，但不一会儿，他们看到一伙人拿着电锯在那儿锯树。树吓坏了，跟老人说："赶快走，不然，会被他们砍了。"

　　说着，树跟老人一起走了。

　　但奇怪的是，他们找不到原来的地方。他们像迷路的人，到处找，也不知道原来的地方在哪儿。老人从来没遇到过这样的事，老人一急，醒了。

　　原来老人在做梦。

　　老人急急忙忙爬起来，去看那棵树。很快，老人看到那棵树了，但树歪在一边，被人砍倒了。

　　老人跑过去，老人问那几个砍树的人："为什么把树砍了?"

　　几个人不理睬老人，只有树，在风里簌簌作响。

　　那是树在哭泣。

起　舞

　　老汉不会跳舞，一个农村老汉，一辈子待在农村，跳舞这码事对他来说离得太远。在老汉这一辈子中，就是看人家跳舞的时候，也相当少。老汉年轻时看过一次，那时候老汉不到 20 岁，公社文艺宣传队在村里搭台演出，老汉站在台下。看见台上蹦蹦跳跳的男女，老汉觉得他们一个两个都是天上的人。看着他们，老汉觉得自己简直不是人了，用一句话来修饰，就是老汉自惭形秽。其实，老汉不是一个笨拙的人，老汉除了书读得少外，做农活是一把好手。老汉耕的田匀称笔直，老汉栽的禾整整齐齐。老汉割禾比谁都快，老汉栽的薯可以长到两斤多一个，栽的冬瓜可以长得比他还高。但看着台上翩翩起舞的男女，老汉觉得自己跟他们比相差太远了。以后，有几十年，老汉都没看过别人跳舞或者说跳舞这码事从来没跳进过他脑子。老汉每天做着农活，有时候也去赶集，最远还去过县城。但没有一次，老汉看到过别人跳舞。这三十多年一过，老汉就真正变成老汉了。在老汉变成老汉时，城里的剧团又一次下乡演出。这次，他们跳的舞让老汉觉得很不像话。他们露胳膊露腿，还露肚脐和屁股。老汉看了，不屑的样子，没看完就走了。这样的事，还有过一次。在县城里，老汉也看见一些女孩袒胸露臂地跳着，老汉仍不屑一顾，走了。随着生活的富裕，老汉家里买了电视机了。在电视里，老汉倒经常可以看见别人跳舞，但老汉不喜欢看跳舞，一看到跳舞的频道，就摇走。老汉喜欢在电视里看电影，"打开电视看电影"，老汉很熟悉这句话。

后来，老汉就进城了，不是县城，是比县城更大的城市。老汉的儿子读了大学后，分在城里工作，他们一直要接老汉和他老伴去城里住。老汉和老伴去了，但住了几天，又回来了。后来，儿子生了孙子，老汉和老伴又去了。这回，他们就回不来了，在城里带孙子。老汉不愿意住在城里，但看见孙子那么可爱，老汉就不能只顾自己了。老汉于是跟老伴一起，在城里住下来，两人一同服侍着小孙子。说老汉服侍孙子也不恰当，老汉服侍庄稼很在行，服侍人并不在行。老汉在城里做得最多的就是带孙子出去玩，去逛街。开始，老汉是抱着孙子出去，过后，是背着孙子出去。到孙子会走路了，老汉就牵着孙子出去。天晴的时候，孙子吃饱了、喝足了，老汉就抱着他、背着他或牵着他出去，到处走，到处看。这时候，老汉倒经常看到别人跳舞了。广场上有老太太跳健身操，一些商场促销也会在门口搭台唱歌跳舞。但老汉见了跟没见一样。这就是说，跳舞这码事从来不会往他心里去。老汉有时候也会站在边上看人家跳，但老汉好像盯着别人在看，心里想的却是别的事。总而言之，跳舞这码事从来没往老汉心里去过。

但有一天，老汉却跳起舞来。

有人拉老汉去跳舞。那是老汉孙子上幼儿园后，老汉无所事事了，他儿子让几个老太太喊老汉一起出去。老汉去了，才知道她们喊他一起出去跳舞。老汉当即羞得脸红耳赤，转身就走，走得很快，风一样就不见了。老汉跳舞是孙子不要上幼儿园的一个星期天。这天阳光灿烂，老汉背了孙子出去，在一家大型超市外面的广场上，有人搞商业促销。不过，这次他们没搭台，他们只是把商品排成一排，放有一架功率很大的喇叭播放音乐。老汉背着孙子到了那儿后，放下了孙子。孙子下来后到处跑，老汉在身后不停地说："莫打跌，莫打跌。"孙子在跑着时，双手晃着，很有节奏的晃。晃了一会，孙子双腿也有节奏地跳着。老汉见了，跟着孙子一起晃，双腿一下又一下有节奏地踩着。到这时，老汉自己也没意识到，他开始跳了起来。

老汉真的在跳舞了，孙子怎么跳，他怎么跳。后来，老汉就牵着孙子的手，不是牵一只手，而是两只手一起牵。然后，跟孙子一起跳着。到这时，老汉进入状态了。孙子矮，老汉高，老汉只有弯着腰跳。但老汉的姿势一点也不难看，老汉晃着孙子的手，一会高，一会低，或者说左手高，右手低，然后左手低，右手高，就这样一下一下地晃着。老汉的双腿和着音乐，也一下一下地踩着，很有节奏。周围有人开始看老汉了，他们看见一个50多岁的人，穿着很简朴的有皱纹的衣服。鞋也简单，最普通的一双胶鞋。甚至，老汉的裤腿也一只高，一只低。这样的打扮，一看就是乡下来的。但看的人又觉得，这老汉的节奏感很强，舞姿也不难看。老汉不知道有人在看他，他跟孙子面对面，他只看着孙子。孙子笑，他也笑。孙子快活，他也快活。后来，老汉就和孙子分开手了。老汉仍跳着，和孙子面对面跳，老汉这时的舞姿更有节奏感了，老汉一只脚踢出去，又收回来，然后又把另一只脚踢出去，再收回来。老汉的双手，也一会在左边合拢，拍着，一会在右边合拢，拍着。孙子这时候跟着老汉跳，老汉往左边踢腿，孙子也往左边踢腿，老汉往右边踢腿，孙子也往右边踢腿。再后来，老汉就在广场上跳动起来。这就是说，老汉不再站那儿跳，他一会儿左、一会儿右，一会儿前、一会儿后地跳动着。这时候孙子就有些跟不上了，但孙子还是极力跟着，哈哈地笑。

看的人多了起来，甚至，都围了一小圈人了。他们看着，脸带微笑。有的人，也跟着音乐的节奏动着，像老汉一样。老汉仍不知道有人在看他，他在阳光下踩着音乐的节奏翩翩起舞，广场上有很高的树，老汉一会踢到树下了，阳光从树叶下倾泻下来，倾泻在老汉身上，老汉身上就有了很多光斑了。老汉动着，光斑也动着，这样看起来，老汉的舞姿就有些曼妙了。老汉还是不知道有人看他，他真的做到了旁若无人。但突然，音乐就停了。不是工作人员有意停了音乐，而是线路故障。音乐一停，老汉就跳不下去了。老汉双手张开着，一只脚也悬着。就这么悬了有那么一两秒，老汉缓过劲来了。老汉一缓过劲，就看见周围有人看他，不是一个人两个人，是很多人围成了一个圈子。老汉忽然就觉得不好意思了，老汉的脸很快就红起来，人也很不自在。在老汉不自在时，一个人走了过来，一个女人，且很年轻。老汉看见女人过来，心里怕起来，以为女人过来说自己在这里影响人家做生意。但老汉错了，女人过来跟老汉笑着，还说："你跳得真好。"

老汉就笑了，但笑的不很自在。笑过了，老汉蹲下来，让孙子趴在背上，然后，老汉就在众人友善的目光里渐行渐远，渐行渐远……

老人百岁

　　五十岁的时候，他周围就有一个人走了。这是他的同学，身体好得很，活蹦乱跳的，但有一天，就离开这个世界了。他去吊祭，看见同学一家人陷于无限的悲哀中。他为同学点了三枝香，烧了些草纸，拜了拜，然后问着同学家人说："好好地，怎么就走了？"

　　同学家人说："医生说是心肌梗死。"

　　他说："没想到，真的没想到。"

　　说着，他叹一声，走了。

　　六十岁的时候，他周围已经有几个人走了。其中一个同事，头天还跟他在一起喝酒，第二天就走了。他去吊祭同事，同事的家人同样陷于无限的悲哀中，同学的老婆哭着说："你好狠心呀，叫你不要抽烟，不要喝酒，你不听，你怎么舍得扔下我们母女呀？"

　　他眼睛红红的，他说："我也跟他说过，让他不要抽烟，不要喝酒，没想到，他就走了。"

　　回来的时候，他忽然发现自己是六十岁的人了，该是注意身体的时候了，要不然也会像同学一样，说不定就离开了这个世界。

　　七十岁的时候，他周围很多人都走了，也就是说他周围和自己同年龄或者说同时代的人越来越少了。一天他去参加一个邻居的追悼会，同去的几个老邻居，年纪都过了七十，一个人说："保重呀！"

大家说："保重！"

一个人说："到我们这个年龄，应该看开了。"

大家说："不错，应该看得开。"

一个人说："我们现在不是比钱多，而是比身体好。"

大家说："不错，钱再多也没有用，身体好才是最重要的。"

八十岁的时候，他周围像他这样年纪的朋友或者熟人只有几个了。一天，他一个老朋友，也走了。他去参加老朋友的追悼会，看见老朋友的家人并不怎么悲伤，他们把丧事当喜事办，叫白喜事。见了他，老朋友的家人说："您老身体还好吧？"

他说："还好。"

九十岁的时候，他周围最后一个和他同辈分的熟人也走了。他周围再没有一个和他同辈分的熟人或者朋友了，他觉得自己很孤单。

此后十年，他身体一直都不错，他还能走动，还能哼曲，甚至还能唱歌。这时候他住在老人院，他的儿女都走了，甚至孙子辈中也走了好几个。而玄孙辈中，他有好多都不认识。他走出来，没一个人认得他，也没一个人跟他说话。他不再是孤单，而是孤独，很孤独很孤独。孤独的时候，他就唱歌，一天，他就颤颤巍巍走到街上，没人跟他说话，他只有唱歌，他唱道：

太阳最红
毛主席最亲
你的光辉思想永远照我心
他还唱道：
抬头望见北斗星
心中想念毛泽东想念毛泽东

一个人问着他说："你唱什么呀，我们怎么听不懂？"

一个人说："一句都听不懂。"

他没睬人家，继续唱道：

> 夜半三更哟盼天明
> 寒冬腊月哟盼春风
> 若要盼得哟亲人来
> 岭上开遍哟映山红……

还是没人听得懂他唱什么，但大家看得出他唱的很动情，看得出他沉浸在一种美好的回忆中。

他还在唱着，忽然，一个人走了来，这是他的玄孙，玄孙瞪着他说："你怎么又跑出来了，快回老人院去。"

他颤颤巍巍走了回去。

当晚，他从他住的二楼跳了下来。

这天，老人一百岁了。

鹰

　　老人住在城里后很不习惯，老人坐不是站不是，每天都不自在。有一天，老人便拿了锄头，去楼下开荒栽菜。锄头是老人从乡下带来的，但老人才在小区一块空地上挖了几锄，就被儿子看见了，儿子说："你做什么？"

　　老人说："这块地荒着，我想栽些菜。"

　　儿子说："你以为这是乡下呀？"

　　老人说："那我回乡下去。"

　　儿子说："我们乡下已被拆迁了，那里现在是工业园区，你还回得去？"

　　老人何尝不知道这些，一想到乡下被开发了，老人就神思恍惚。老人说："城里什么都不好，不像我们乡下，可以栽菜，养猪养鸡，乡下空气也好，还有，我们乡下有各种各样的鸟，天上还飞着鹰。"的确，老人经常在乡下看见天上飞着鹰。老人总坐在门口，抬着头看，看鹰在天上盘旋。看久了，老人的心便跟着鹰去了，也在天上盘旋，自由自在。到城里后，老人也经常抬头，但很多时候，老人连一只麻雀也看不到。

　　老人叹起来。

　　过后，老人还是不自在，老人每天都闷闷不乐的样子。这样不开心，老人就出问题了。老人后来病了，住院了。等老人从医院出来，老人似乎更老了，走路都不稳。儿子当然很急，每天都开导老人，但无济于事，老人就是开心不了。

这天，儿子带老人去河边。快到河边时，老人忽然看到天上有鹰。看到鹰，老人有些高兴，老人跟儿子说："你看到鹰么，在天上飞。"

儿子说："看到了。"

老人说："没想到城里也有鹰，它是从我们乡下飞来的吧？"

儿子说："大概是吧。"

那时候是傍晚了，老人一直在那儿看着，直到天黑。

老人住的小区其实离河不远，老人为了看到鹰，第二天自己去河边了。还没到河边，老人就看到鹰了，不是一只，是好几只。那些鹰一会儿在天上盘旋，一会儿往下俯冲。老人不走了，坐在路边的凳子上，一直抬头看着。

一个孩子，蹦蹦跳跳走了过来。看见老人后，孩子停住了。孩子说："爷爷，你在看什么呢？"

老人说："看鹰在天上飞。"

孩子说："那不是鹰，那是风筝。"

老人说："胡说，风筝我还看不出来呀，那就是鹰。"

孩子说："我没胡说，那就是风筝，不信，你到河边去看。"

老人真去了河边，近了，老人果然看见几个人在放风筝。几个人也是老人，但他们很矫健，在河边跑来跑去，把像鹰的风筝放得跟真的鹰一样。

老人后来走到了他们中间，老人说："我还以为是真的鹰在天上飞哩。"

一个老人说："好多人都这么说。"

老人又说："你们怎么能把风筝放得这么好？"

一个老人说："你也能。"

老人说："我也能？"

一个老人说："真的能，只要天天放，就能让你的鹰飞在天上。"

　　老人这天真买了风筝，也是那种像鹰的风筝。那几个老人，教老人放，但老人还是不会。老人有些灰心，几个老人就安慰老人说："慢慢来，我们以前也是这样的。"

　　老人点点头。

　　老人后来天天到河边去放风筝，老人开始走的很慢，慢慢地，老人就能走快了。再后，老人也能跑了。老人的风筝或者说老人想放飞的鹰开始也飞不起来，多放了几次，鹰就飞起来了。到后来，老人也可以让他的鹰在天上盘旋或往下俯冲。看着头顶上的鹰飞来飞去，老人觉得很开心。

　　一天，老人把鹰放飞在天上时，忽然来了几只真的鹰。几只鹰都是老人的鹰引来的。老人看见了那几只鹰，老人以为是同伴放的，但不是，他们还没开始放。一个老人也看见了几只真的鹰，他们跟老人说："你的鹰引来了真的鹰了。"

　　老人说："是真的鹰吗?"

　　他们说："是真的。"

　　老人说："肯定是我们乡下的鹰飞来了。"

　　老人说着，笑了。笑着时，老人一颗心跟了鹰去，也在天上盘旋，自由自在。

惊 讶

公园里有人谈恋爱，有一对看上去像大学生，另一对看上去像高中生，还有一对年纪很小很小，看上去只像初中生。他们旁若无人地搂着抱着，亲亲热热。

一个男人往他们跟前走过。

男人首先看见那两个看着像大学生的人搂在一起。

男人把眼睛别开，不看他们。

过一会，男人又看见那两个看着像高中生的人搂在一起。

男人瞪了他们一眼。

再过了一会，男人又看见那两个年纪很小很小，看上去像初中生的人搂在一起。

男人就很惊讶了，男人不仅瞪着他们，还自言自语地说："也不知哪家孩子，这么小就谈恋爱，他们大人知道了不气死才怪。"

接着一个女人往他们跟前走过。

女人也是首先看见那两个看着像大学生的人搂在一起。

女人把眼睛别开，不看他们。

过一会，女人又看见那两个看着像高中生的人搂在一起。

女人也瞪了他们一眼。

再过了一会，女人看见那两个年纪很小很小，看上去像初中生的人搂在一起。

女人也很惊讶，女人不仅瞪着他们，也自言自语地说："也不知哪家孩子，这么小就谈恋爱，他们大人知道了不气死才怪。"

女人走过后，两个七八岁的孩子往他们跟前走过，是一个小男孩和一个小女孩，小男孩看见有人搂在一起，便问："他们在做什么呀？"

小女孩说："他们在谈恋爱。"

说着走过了，但过了一会，他们又看见两个人搂在一起，小男孩便说："他们也在谈恋爱吗。"

小女孩说："当然。"

说着又走过了，不久，小男孩再看见两个人搂在一起，而且，小男孩看见这次两个搂在一起的人年纪很小很小，小男孩于是问小女孩："那小哥哥小姐姐也在谈恋爱吗？"

小女孩说："也在谈恋爱。"

小男孩说："他们好小哦。"

小女孩说："比我们大不了多少。"

小男孩说："我们也来谈恋爱吧？"

小女孩说："羞羞脸。"

小男孩说："那小哥哥小姐姐怎么不羞羞脸呢？"

小女孩说："不知道。"

小男孩说："我们也来恋爱吧。"

小男孩说着，搂着小女孩。

小女孩开始要推开小男孩，但小男孩很坚决，搂着小女孩不放，小女孩推不开小男孩，就不再推了，让小男孩搂着自己。

公园里仍有人走过，这回是一伙人走来，一伙人首先看见那两个看着像大学生的人搂在一起。

他们把眼睛别开。

过一会，一伙人又看见那两个看着像高中生的人搂在一起。

一伙人瞪着他们。

再过了一会，一伙人又看见那两个年纪很小很小，看上去像初中生的人搂在一起。

一伙人惊讶了，一伙人不仅瞪着他们，还互相说："也不知哪家孩子，这么小就谈恋爱，他们大人知道了不气死才怪。"

接着一伙人看见两个七八岁的孩子搂在一起，一伙人这回惊讶万分，一伙人说："现在的社会完全变了，这么小的人就在一起搂搂抱抱。"

说着，一伙人看着小男孩小女孩说："你们做什么？"

小男孩小女孩听了，撒腿跑了。

走　庙

　　他跟几个人走庙，路上，一个乞丐伸一只手过来讨钱。一起去的一个女人见了乞丐就皱眉，女人很厌恶的样子，女人说："去去去，走远点。"

　　他制止了女人，然后拿出一块钱给了乞丐。乞丐得了钱，不停地说："谢谢！谢谢！"

　　继续往前走，不久，他看见一个孩子坐路边哭，他过去问孩子："你哭做什么呀？"

　　孩子说："我把打酱油的五块钱掉了。"

　　他又拿出五块钱给了孩子。

　　那女人见了，就说："要是孩子骗你呢。"

　　他说："你怎么会这么想？"

　　再往前走，他看见一个骑自行车的孩子摔倒了，还被车子压着。他赶紧过去帮孩子把自行车移开，扶起孩子。

　　随后，他们几个就到了庙里。那庙很大，几个人进去后到处走到处看，只有他哪儿都没去。他看见厨房门口有人坐着剥豆子，也坐下来剥着。随后好久好久，他都坐那儿剥豆子，很有耐心。一起来的那个女人走了一圈，见他还坐在那儿剥豆子，就说："你不到处看看？"

　　他说："以前来过，看过了。"

女人说："拜拜菩萨呀？"

他说："拜过。"

女人说："我看你一直坐在这里，你怎么拜。"

他说："在心里拜。"

女人说："听不明白。"

他笑笑，没再说什么。

豆子剥完了，厨房里的人又拿菜出来洗，他也跟着一起洗。洗完菜，有人去浇花。那庙好大，有一片空地栽了很多花，向日葵、栀子、丁香、牵牛、凤仙、美人蕉等样样都有，他没闲着，又一起去浇花。浇了花又去浇菜，一块空地上，栽了胡子、丝瓜、苦瓜，也开了花，黄黄的花，很艳丽。一起来的女人见他浇了花又浇菜，就说："你好像不是来走庙，是来做义工的？"

他笑而不答。

忙了差不多一上午，他才坐下来歇着。一个老婆婆坐在他旁边。老婆婆看他一眼，又看他一眼，再看他一眼，然后说："你面很善。"

他笑笑说："谢谢！"

老婆婆又说："你有菩萨相。"

他仍说："谢谢！"

吃过斋饭，他们就要走了，那个老婆婆也要走。庙门外是台阶，很多级，老婆婆下台阶时，他过去搀着老婆婆。老婆婆说："谢谢！"说过，又看着他说："你不但有菩萨相，还有菩萨心肠。"

他仍笑。

一起来的女人半路上问他："那老婆婆怎么说你有菩萨相呀？"

他说："你想知道。"

女人点头。

他说："你心里有菩萨，你就是菩萨了。"

女人听不太懂，满脸茫然。

海

孩子住在海边，住在海边的孩子总在海边玩。有时候，也在水里玩。孩子还小，但孩子会游泳。海边的孩子，很小就会游泳。不过，有一天孩子在水里还是很危险。孩子腿抽筋了，怎么也游不到岸边。孩子就要沉下去了，危急中一个兵往海边走过，兵看见了孩子，兵连衣服也没来得及脱，就扑了下水。兵游向孩子，还跟孩子说："我来救你，你莫慌。"

很快，孩子被兵救了上来。

兵救上孩子就走了，孩子呆呆地看着兵走，等兵走远了，孩子忽然想起他还没有向兵道一声谢。孩子的大人告诉过孩子，人家帮了他，要谢人家。孩子在兵走远后想起了大人的话，于是追过去。但兵真的走远了，不一会就不见了，孩子没追上他。

孩子没追上兵，又呆在那儿。呆了一会，孩子决定去找兵。要向人家说一声谢谢的，孩子跟自己说。说着，孩子走动起来，往兵走去的方向走。

走了很久，孩子就看见那个兵了。那个兵在一个大门口站着。孩子以前跟大人到过这儿，孩子知道这是军营，门口站着执勤的兵。孩子以前不敢走近执勤的兵，但现在，这个兵救过孩子，孩子敢走近他。孩子走了过去，笑着跟兵说："谢谢叔叔救了我。"

兵茫然的样子，兵说："我救了你，没有呀。"

孩子说："怎么没有，就是你救了我，我在海里腿抽筋了，你见了，衣服都没脱，就扑下水救我。"

兵明白了，兵说："我是在海里救过人，但不是你。"

孩子说："是你，就是你。"

兵说："不是，真的不是。"

在兵说着时，另一个兵从军营里走出来，孩子看看他，觉得救自己的，是这个兵。孩子于是走过去说："谢谢叔叔救了我。"

这个兵也是茫然的样子，兵说："我救了你，没有呀。"

孩子说："怎么没有，就是你救了我，我在海里腿抽筋了，你见了，衣服都没脱，就扑下水救我。"

这个兵也明白了，兵说："我是在海里救过人，但不是你。"

孩子还那样说："是你，就是你。"

兵说："不是，真的不是。"

又一个兵，在他们说着时走了出来，孩子见了这个兵，知道自己可能又弄错了，他觉得刚走出来的这个兵才是救他的人。孩子又走过去跟他说："谢谢叔叔救了我。"

这个兵还是茫然的样子。

孩子这天在军营门口看到十多个兵，孩子每看到一个，都说人家救了他，但他们全都否认。孩子后来就奇怪了，孩子说："我觉得就是你们呀，你们怎么不承认呢？"

孩子这天没找到那个救他的兵，但孩子很想很想找到那个兵。在后来很长的一段时间里，孩子还见过很多兵，孩子看见每个兵，都觉得是人家救了他。孩子于是总看着那些兵笑。那些兵看见孩子跟他笑，也笑，还问孩子说："你认识我？"

孩子点头，孩子说："认得，有一次我在海里抽筋了，是你救了我。"

所有的兵都否认了，他们好像商量了一样，都说："我是在海里救过人，但不是你。"

孩子还是没找到那个兵。

后来孩子就大了，大了的孩子还经常在海里玩。一天，孩子就看见一个小孩在海里往下沉。孩子见了，忙喊："我来救你，你莫慌。"

孩子很快把小孩救了上来。

再后来，孩子就不再是孩子了，他是一个兵了。孩子到离家很远的地方当兵了。到那儿不久，就有一个小孩子走近他，小孩子看着他笑，然后把那句他说了千百遍的话说了出来：

"谢谢叔叔救了我。"

战 士

苹一直都是快乐的，但在那个落叶飘零的秋天，苹有了一脸的忧愁。一天我踩着落叶走进了苹的小店，我指指门口的落叶，跟她说：你店里都飘进落叶了。

我这话以前也说过，苹听了，会立即拿了扫把去打扫，把门口的落叶扫得干干净净。但现在，苹没这样做，她一脸的无动于衷，眼睛越过店门往远处看，幽远而空洞。

我又说："看什么呢？"

苹答非所问，苹说："他好久没来了。"

我说："他是谁？"

苹说："一个战士。"

我说："你什么时候认识了一个战士？"

苹说："好久了。"

我说："你不够朋友吧，认识好久了也不告诉我。"

苹说："其实也没什么，我店刚开张时，一个小偷在店里偷东西，是那个战士把小偷捉住的。后来，那战士常来，有时候我没空，他还帮我看一两个小时的店，但最近，有好几个月了，那战士再没来了。"

我说："难怪你一脸忧愁，原来你在相思一个战士。"

苹有些脸红了，苹说："也不是相思，但我真的希望再见到他。"

我说：那还不容易，军分区就在前面，那战士一定是分区的，你去找他呀。

苹听了，眼里有光彩了。

离开苹后，我竟然去了分区门口。其实很近，不到 5 分钟的路程。在这儿，我看见一个战士，笔笔直直在门口站岗。战士挺高的个子，国字脸，穿着军装在门口站着，很威严也很英俊。我看着这个战士，觉得他就是苹认识的那个战士。

再见着苹时，我告诉了苹。我说："我在军分区门口看见一个站岗的战士，挺高的个子，国字脸，他是不是你认识的那个战士呢？"苹摇了摇头，说不是。我说："或许是吧，你哪天去看看，有可能就是他。"苹说："我去分区找过了，那战士考取了南昌陆军学院，读书去了。"苹说着，眼睛越过店门往远处看，幽远而深邃。那眼神，仿佛告诉我她看见那个战士了。

苹后来一直相思着那个战士，我去她那儿，苹总提到那个战士。苹说："我从第一次认识那个战士起，就知道他会有出息，这不，他考取军校了。"苹还说："那战士常跟我说他很想穿皮鞋，有一次我送给他一双，那战士却不要，说部队有纪律，不能穿皮鞋。"苹又说："有一次那战士来我这里买了几双鞋，我问他，说部队不是不能穿别的鞋吗？"战士说："部队为灾区捐物，他买去捐给灾区。"苹说着这些时，脸上的忧愁没有了，取而代之的是一脸的喜悦。有几次，我和苹出去散步，走着走着就走到分区门口了。苹在门口站许久，还看着站岗的战士笑。一次一个战士回了苹一个笑，还问："你认识我吗？"

苹仍笑，回答那战士说："我认识你们战士。"

有一天我要去南昌出差，苹知道后，拿了一双皮鞋找到我。苹告诉我那战士的名字，让我把那双皮鞋给他。苹说那战士现在是军校的学生了，可以穿皮鞋。说着，眼巴巴地看着我，生怕我拒绝。我怎么忍心拒绝呢？我拿过苹手里的皮鞋，答应一定送到。

我很快在军校见到了那战士，那战士也是挺高的个子，国字脸，穿一身军装，很威武也很英俊。只是，战士仍不接受苹的皮鞋。战士说："我是战士，我不能随便接受老百姓的东西。"我想说服他，但战士很固执，不为所动。我没法，只好提了鞋去，又提了鞋回。见了苹，我如实把情况告诉了她。苹听了，垂下了眼帘，又是一脸忧愁的样子。

　　苹的忧愁感染了我，连我都为她忧愁起来。

　　以后见着，我再不提那战士了，怕苹忧伤。但我们走出去，仍然会自觉不自觉地往分区门口去。在这儿，苹一站许久。苹仍会看着站岗的战士笑，常惹得那些战士问："你认识我？"

　　苹说："认识，我认识你们战士。"

　　这年冬天，我在外地学习了三个月，等我回来时，已是春天了。这时见着苹，苹脸上一点儿的忧愁也没有了。她脸上，是一种喜不自禁的样子。我问苹为什么这么高兴。苹笑了笑，没告诉我。但后来的一天，我发现秘密了。我碰见苹，老远，我就看见她身边走着那个挺高的个子，国字脸，威武而又英俊的战士。

　　我不知道苹怎么又跟那战士联系上了。

　　但近了，我才看清，这不是那个战士，是另一个战士。

　　苹说这是她的男朋友。

　　苹终于把另一个人相思成那个战士了。

又见雁儿飞

那时候他只喜欢雁儿，在他眼里，雁儿十全十美了，他觉得没人再比雁儿好。

雁儿那时候也觉得他好，只喜欢他。

两人一有空，就在一条堤上坐着。那是抚河边，常有南去的大雁在他们头顶上飞过。听到雁的叫声，他们抬起头。雁在很高的天空上飞着，排成人字形或一字形，一队一队地飞过。他们呆望着，直到大雁在天的尽头消失。

有时候，他们也会说一些话：

"这些大雁要去哪儿呀？"

"去衡阳吧？"

"你怎么知道大雁要去衡阳？"

"'塞下秋来风景异，衡阳雁去无留意。'范仲淹在诗里告诉了我们。这里的衡阳雁去是雁去衡阳的倒文，传说大雁飞到那里就不再飞了。"

"要是有一天我也像大雁一样飞走了，你会怎么办？"

"我到衡阳去找你。"

这些话他们已说了很多遍了，但恋爱的人记性差，他们还是一遍一遍地说着，津津乐道。

没看见大雁飞过，他们也不会闲着，雁儿喜欢唱歌，她会唱起歌来。

雁儿常唱一首叫《往事》的歌：

> 如梦如烟的往事
> 散发着芬芳
> 那门前可爱的小河流
> 依然轻唱老歌
> ……

他喜欢听雁儿唱歌，也喜欢抬着头和雁儿一起看着大雁远去。这时候，他总觉得无边的快乐。

但快乐总不会长久，有一天，雁儿真从他身边飞走了。

他算得上理智的人，知道爱情不可强求，但他还是很伤心，天天想着雁儿。

他依然去河边，在那条堤上坐着。在这儿，他会很久很久地看着天上。开始的时候，他还看见天上飞着大雁。看见这些大雁，他就很伤感。在伤感时，他会念出一些伤感的诗词来："鸿雁在云鱼在水，惆怅此情难寄"；"飞云过尽，归鸿无信，何处寄书得"；"凝泪眼，杳杳神京路，断鸿声远长天暮"。念罢，真的双眼凝泪。

后来，秋天了，他再看不见大雁飞过。

他还坐在河边，在没有大雁飞过的日子里，他心里，会流出雁儿唱过的歌来：

> 小河流我愿待在你身边
> 听你唱永恒的歌声
> 让我在回忆中寻找往日
> 那戴着蝴蝶花的小女孩
> 在歌声里他仍然伤心着
> ……

他的朋友当然看出他的消沉，他们多次张罗着给他介绍别的女孩。但他心里只容得下雁儿，对别的女孩，看一眼都不愿。有一天朋友劝了许久，他去了，但才说了几句话，就说不下去了。其实那女孩很不错的，但他就是看不上。有一个女孩，很像雁儿，但他还是不接受人家，他觉得女孩没有雁儿那种素质。

他心里只有雁儿。

春去秋来，有一天，他在河边又听到大雁的叫声了。一声一声的雁叫声立即揪着他的心，他急忙抬起头，但他并没有在天上看见大雁。天上，除了蓝蓝的天空和一些白白的云彩，什么也没有。

他不知道这是怎么回事。

这种现象后来还出现过，他总听到天上大雁在叫，但抬起头，他并没看见大雁。后来他明白了，这是一种幻觉，他思念着雁儿，耳边就会出现雁的叫声。

一天，一个女孩坐在他身边。

这女孩也是朋友介绍给他的，他还是不喜欢女孩，但女孩喜欢他。一天他出来，女孩跟着，走着走着，就到河边了。

这天，他又听到了雁的叫声。

他抬抬头，仍没看到天上的雁。

他知道幻觉又出现了。

他把这个幻觉告诉了女孩，他说："你知道吗，我喜欢过一个女孩，她叫雁儿，在我眼里，再没人比她好。"

女孩说："我听说了。"

他说："以前，我总和雁儿坐在这里听着大雁叫着，在天空飞过。现在，天上虽然没有大雁飞过，但我耳朵里依然听得到大雁的鸣叫。比如现在，天上并没有大雁，但我听到了大雁的叫声。"

女孩说："现在天上飞着大雁，它们正在叫着。"

他说："你骗我，天上哪里有大雁？"

女孩说："我没骗你，天上真飞着大雁。"

他说："你还说没骗我，大雁呢，它在哪?"

女孩没有再跟他争了。

几天后，女孩又跟他去了河边。

在那儿坐了一会，他说道："我又听到大雁在叫了。"

女孩说："天上飞着大雁，它们在叫。"

他抬头看看，回答说："你又在骗我，没有呀。"

女孩说："我没骗你，天上的确飞着大雁。"

女孩说着，从身上拿出一副眼镜递给他。

他戴上眼镜，真看到天上飞着大雁。

他脸有些红了，他说："原来天上真飞着雁，是我眼睛近视，看不到。"

女孩说："有了这副眼镜，你就不会近视了。"

他点点头。

他和女孩的故事，开始了。

有钱人的衣服

张三到商店买衣服。

张三是个很有钱的老板，张三走出来，很多人都认识他。买衣服的女老板，也认识他。当然，最开始时，女老板没有把张三认出来。张三走进店时，女老板迎了过来，女老板说："买衣服吗?"

张三点点头，然后拿起一件汗衫，一件梦特娇名牌汗衫，张三说："这衣服多少钱?"

女老板说："20 元。"

张三就放下了，张三说："这不是梦特娇吗，怎么 20 元钱?"

张三又说："这么便宜的衣服怎么穿?"

女老板听张三这么说，就认真看了张三一眼，随后，女老板就认出张三了。女老板于是说："这衣服张老板当然不会穿，这是假梦特娇，我跟你拿一件真的吧。"女老板说着，去另一边拿了一件衣服出来。这件跟刚才张三拿的那件一模一样，女老板店里所有的衣服都差不多，都是粗制滥造的假货。但在女老板嘴里，这件衣服完全不一样了，女老板说："像张老板这样的人，应该穿真正的梦特娇。"

张三说："这件多少钱?"

女老板说："800 元。"

张三就奇怪了，张三说："你店里既然有800元的梦特娇，怎么还卖20元的呢？"

　　女老板说："有人需要嘛，有人既想穿名牌，又出不起钱，这些假梦特娇就是为他们准备的。"

　　张三觉得有理，点点头。

　　接下来，张三就把衣服买了下来，张三没有讨价还价的习惯，张三给了女老板800元。

　　第二天，张三把新买的衣服穿了出去。

　　确实有很多人认识张三，张三走在街上，不时地有人跟他打招呼，也不时地有人注意到张三的衣服，一个人就说："张老板，你穿的衣服是梦特娇吧。"

　　张三点点头。

　　又问："价钱一定很贵吧？"

　　张三说："800块。"

　　对方就啧啧起来，跟张三说："这样贵的衣服只有张老板才穿得起。"

　　张老板笑了，满脸高兴。

　　有一个人，跟张三一样穿一件梦特娇衣服，张三认得这个人，两个人走在一起时，张三说："我们穿一样的衣服嘛。"

　　那人说："我怎么能跟你比，我是假的，只花了20块，你的一定很贵吧？"

　　张三说："800块。"

　　那人就一脸的惭愧，跟张三说："我什么时候能穿得起你这样的衣服呀？"

　　还有一个人，也穿一件梦特娇衣服，这人见了张三穿他一样的衣服，很高兴，这人说："张老板，我们穿一样的衣服呢。"

　　张三边上很多人，还没等张三开口，边上的人就说："你的衣服最多20块钱吧，张老板怎么会穿你这样的衣服？"

　　这人说："看着不是一样吗？"

"怎么会一样呢，人家张老板的衣服800块。"

这人就伸了伸舌头，跟张三说："天啦，你穿一件，我可以穿40件。"

张三笑笑，一脸高兴。

那些日子，张三经常穿那件梦特娇。每天都有人说张三的衣服好，让张三每天都很高兴。

一天，张三去开一个会，张三仍穿着那件梦特娇。参加这个会议的人都是有钱的老板，有很多人，比张三有钱得多。有一个人，见了张三后，把他拉到一边去，然后问着张三："你最近出了什么事吗？"

张三说："好得很呀，没出什么事。"

那人说："没出什么事，你怎么这么潦倒？"

张三说："我潦倒吗？"

那人说："还不潦倒，你看你穿什么衣服，这衣服不就是花20块钱买的吗？"

张三冤枉起来，张三说："800块钱。"

那人就笑，那人说："你被人骗了，别的衣服我看不出来，梦特娇我绝对不会看走眼，我有一个朋友，就是开梦特娇专卖的，这衣服完全是假的，最多只要20块。"

张三听的脸红耳赤。

这天张三会都没开完，就匆匆赶回家，把衣服脱了。

意　外

张三是个富人。

张三有几千万资产，单是小轿车就有三辆，一辆别克，一辆帕萨特，一辆奔驰。在侈城，张三是最有钱的人。张三经常开着那辆奔驰在街上转，窗外那些人，张三都觉得是穷人，觉得他们一个个衣服破烂或衣衫不整。有了这种感觉后，张三便满脸的不屑了，心里想这些人是怎么混的，都大半辈子了，还这样穷。继而，张三同情起这些人来。这时候没事，张三会把车停在什么地方，然后在街上逛起来。街上有乞丐，跪在路边向人乞讨。张三见了，一定会扔一块钱或两块钱甚至十块钱，见一个扔一个。把钱扔过，张三心里很舒服，觉得他做了一件大好事。但张三只能把钱扔给乞丐，张三不可能见了谁都扔钱，如果见了谁都把钱扔给人家，那就是侮辱人家。张三这点还是明白的，但张三依然有办法向别人施舍。张三看见那些看起来特别穷的人，会走到人家前面去，然后装着掏东西的样子，把一张十块或二十块的钱掉在地上，然后让别人捡。张三知道捡到钱的人会十分高兴，但张三觉得自己更高兴。这种事张三经常做，张三的目的显而易见，他就是想让那些没怎么见过钱面的人见钱眼开，然后张三在心里偷着乐。

张三还有很多方法向人施舍。比如，有一次张三开着车子，一个小孩横跑过来，张三当然把车刹住了，没撞到小孩。停住车后，张三觉得他又找到向人施舍的理由了，他跟孩子的母亲说吓着孩子了，然后拿出100块钱给了他们。在小孩母亲的感谢声中，张三心里有说不出的高兴。还有一次，张三看见一个小孩赖着大人要买荔枝吃，但大人怎么也不买。那大人衣着十分普通，张三一看就知道他是个穷人。张三又有了向人施舍的心情了，他立即买了几斤荔枝，然后让卖荔枝的人送给他们。在大人和孩子惊喜的时候，张三又很高兴了。又有一次，张三看见一个卖茶叶的老头，那茶叶张三一看就知道是劣质品，张三根本不会喝那样的茶叶，但张三还是过去买了一包。把钱付了，张三没把茶叶带走，他跟老人说先把茶叶放在那儿，过一会再来拿。但过去了几个月，张三也没去拿。其实张三根本不会去拿，他是在变着法子向老人施舍，张三在这种施舍中又得到了乐趣。

这事，张三后来还如法炮制了一次。

一天，张三看见一个女人在路边卖鞋底，这女人张三认得，张三没发迹以前，跟女人住在一条街上。后来张三发迹了，才搬走了。现在，张三一眼就认出了女人。女人以前十分漂亮，心气也高，张三以前想跟她好，连口都不敢开。才七八年过去，女人竟然沦落到在街上卖鞋底的地步。张三立即同情起女人来，他停在女人跟前，看着女人说："你还认得我吗？"

女人看了张三一眼，立即把他认了出来，女人很惊喜的样子，跟张三说："你是张老板吧，你现在发大了。"

张三要的就是别人这种惊喜的感觉，他很得意，跟女人说："你怎么在这儿卖鞋底？"

女人说："下岗了，没什么好做，只好在这儿卖鞋底。"

张三说："我跟你买几双。"

张三就拿起几双鞋底，然后把100块钱给了女人。但张三没把鞋底拿走，他和上次买茶叶一样，把100块钱给了女人后，既不让女人找钱，也不拿鞋底，只跟女人说："我先去那边办些事，过一会再来拿鞋底。"

说着张三走了，一路上心里都很高兴。

那女人一直在等着张三回来拿鞋底。

但张三不会回来。

三天后，张三见到女人了，是女人找到了张三，不是张三去了女人那里。女人见到张三后，长舒了口气，然后说："我这几天都在找你，问了好多人，才找到这里来。"

张三说："你找我做什么？"

女人说："那天你买鞋底，放下100块钱，鞋底也没拿，就走了，你可能太忙了，把这事忘了，我来把鞋底送给你，把钱找给你。"

说着，女人把鞋底和钱递给了张三。

张三傻了。

无限美好

小时候，隔壁有一个女孩子无限美好。我老想起她，可自从我搬了家后没再见着她。有一天我们突然碰见了，当我把她认出的时候，她也认出我来。于是她大着声音说："没想到你成作家了。"

我就很惬意地笑着，然后说："没想到你……"我想说没想到你还那么漂亮，但我没说出来，我觉得初次见面就对女孩子品头论足很不合适。

接下来，我们在街上慢慢走着，说了许多话，至于说什么我记不清了。但有一点我记得很清楚，就是分手的时候我约她到我家去玩，她听了便很详细地问我住在哪儿！我告诉了她，于是她又很认真地和我约了一个时间。

女孩真来了。

来的时候是晚上，那天我妻子上中班，我不是故意让女孩这时候来的，完全是当时没考虑到这点。女孩进屋后我给她搬了凳子，然后我也搬个凳子，在她边上坐下来。这时候女孩离得很近，又在灯光下，我确实觉得她很美；起先我禁不住美的诱惑多看了她几眼，但后来我发现我这样做很成问题，我不能老把眼睛往女孩身上盯，这样起码让女孩觉得我轻浮不稳重，我们是小时候的朋友，我认为我不能给女孩留下太坏的印象。

于是我不再那样看女孩子。我把双手在胸前抱着，两条腿紧并端坐在凳子上，一动不动。至于眼睛，我给它在墙上寻个目标，然后紧紧地盯着，不离左右。

女孩笑我正襟危坐。

我抿抿嘴笑一下。

这回我们谈了很多，慢慢儿谈着我们便随便多了；因为随便了以后女孩便经常来，但很奇怪，女孩来的时候我妻子一次也不在，我不晓得这是怎么回事。

后来有一回，我又在街上碰见了女孩，我很高兴，于是陪着女孩在街上慢慢走着，但这时碰见了我妻子，她见了女孩像见了瘟疫一样一下子把脸拉得老长老长。

我不以为然，我和女孩没做过任何见不得人的勾当。我觉得回家后只要和妻子稍为解释一下，她那老长的脸一定会恢复原状。

没想到回家后，妻子同我大闹起来，我摸不着头脑，不晓得这是怎么回事，于是我凶起来："吃什么醋？"

"好哇，你还凶，看样子你彻底被她给迷住了。"妻子吼起来。

"不要胡扯。"我说。

"她是有名的娼妇，她母亲和我同一个班同一个小组，我还不知道她呀，牢房里几进几出。"妻子盯着我。

我忽然明白妻子为何这样大发雷霆。

不过我还是有所怀疑，女孩和我来往很多次了，我没有发现她有任何下作行为。

于是我希望妻子把人搞错了。

后来我又看见女孩了，她远远地避着我，我走过去，女孩不敢把头抬起来。

"怎么啦？"我说。

女孩便抬起头来，样子无限悲哀，看我一阵后，她说："你不要靠近我，我会连累你的。"

"那么严重吗？"我说。

女孩点点头，尔后瞥我一眼说："谢谢你把我当人看。"

"你本来就是人啊！"我说。

"我是人，但以前我做了不是人做的事，现在我想真正地做个人了，可人家又不把我当人看。"

说完女孩跑了。

我于是相信我妻子没有胡编乱造。

证实了这点，我挺害怕的，要是我早晓得她是这样一个人，我绝对不敢和她来往。不过现在我敢跟她来往了，女孩说我把她当人看了，其实我一直就觉得她是一个人。至少，她在和我交往中是一个不错的人。何况，女孩现在真正想做人了，我为何不把她当人看呢。

我还觉得应该设法让别人也觉得她是人，要这样，那她不仅仅在我眼里，而且会在所有人的眼中都美好起来。

岁　月

　　老人很老了，一个人坐在街边。出太阳的日子，老人就坐在太阳底下晒太阳。老人打着瞌睡，闭着眼，一动不动。不过，有人走近老人，老人不会这样，老人会立即睁开眼，然后兴致勃勃地跟人家说着话。

　　一天，我走近了老人。

　　我跟老人并不熟悉，我只是天天往老人住的这条街上走过，多走了几次，我跟老人好像很熟了。我见了老人，会点点头，还笑一笑。老人也点点头，也笑。一天，我在老人笑过后走近他了，我说："老大爷，高寿呀？"

　　老人说："今年九十了。"

　　我说："老人家，你真是高寿呀，身体还这么好。"

　　老人说："这两年不行了，常犯迷糊，认不清人。"

　　我说："老人家，你一直就住在这街上吗？"

　　老人说："不是，这几年才住到儿子这儿来，以前一直住在乡下。"

　　老人说着时，挪了挪椅子，把椅子挪到太阳下。坐下后，老人跟我说："在街上住着真不习惯，晒个太阳那太阳还老走，时刻要搬椅子，不像我们乡下，在禾场上晒太阳，一天坐到晚，太阳也照得到。"

　　我说："那是，乡下宽敞。"

老人说："我们乡下住的房子也比街上这鸽笼宽敞，我住的房子，五重直进，那才大呀，房子加拢来，有 100 多间。"

我有些惊讶，我在乡下见过三重直进的房子，里面大的不得了。有三个天井，几十间房子，五重直进的房子，我从没见过，我不相信有那么大的房子。我的神色老人看了出来，老人说："不信呀，真是五重直进，我爷爷是举人，后来还中了进士，官当到巡抚一级。那幢房子就是我爷爷手上做起来的。你没见过那么大的房子，也没见过那种壮观的场面。我爷爷回来，坐着八人大轿，有旗罗凉伞迎接，门楼前面，竖着旗杆，爷爷的轿子还在几里处，吹吹打打的锣鼓声就响了过来。"

老人说着，浑浊的眼里竟也闪出光彩，老人接着说："我们那幢在方圆百里都是最大的，柱子有一尺多粗，柱石比大磨盘还大，每扇窗户上都雕了花，夏天挂着夏布，门楼全部是用乌石山的石结成的，石头上雕了龙，门口竖了两块旗杆石，一米多宽两米长，逢年过节，旗帜一竖，真好看。"

说到这儿，老人看了看我，问起我来，老人说："小伙子，你今年有三十岁了吧。三十而立，我爷爷就是三十岁中的举，在这之前，我爷爷是个穷秀才。听人说有一年，我爷爷去一个财主家做客，财主给我爷爷几斤米团子，我爷爷是读书人，穿着袍子，他用袍子托着那些米团子往回走，但路上袍子烂了，米团子掉了。你想想，我爷爷当时有多穷，一件袍子连几斤米团子都托不住。但我爷爷中举后，就好了起来，乡里乡亲都看得我爷爷起，都把孩子让我爷爷教。后来我爷爷就中了进士，他教的学生，官当到尚书，比我爷爷还大。不过，他官虽然比我爷爷大，但对我爷爷很尊敬，每次回来都来拜访，在几里处就下轿。他来的时候，比过节还热闹，几十里外的人都赶来看，有人还带爆竹来，劈劈啪啪到处都是爆竹声，那个才叫热闹。"

我这时插了一句，我说："你说的都是以前的事，现在，那儿还有这么热闹吗？"

老人说："一样的，现在也一样热闹，现在那屋里也住了六七户人家，大人小孩几百口，天热的时候，家家户户都到门口一棵樟树下歇凉，那棵樟树也有好几百年的历史了，树荫遮了几亩地，大家在树下一坐，谈古论今，热闹得很呢。"

我显然被老人说的这些吸引了，向往着那种热闹的场面，我说："那幢屋还在吗？"

老人说："在，怎么不在，那屋一直都在。"

我说："你还会回去吗，你如果回去，哪天我跟你去看看。"

老人说："回去，怎么不回去。"

我说："那好，你什么时候回去，我跟你去，我去看看那幢五重直进的大屋。"

这以后不久，老人真回去了，老人的孙子开车，老人让孙子搭他回去看一看。我真的很想去看看那幢大房子，于是我钻进了老人孙子的车。

那儿离街上并不远，一个小时，就到了。但我没有看到那幢五重直进的大房子，我只看到一个小村，有十几幢房子。房子很破很旧了，给人一种破败的感觉。小村西边，有一道门楼。门楼塌了一边，门楼上依稀有字，辨了辨，看出是"圣衣第"几个字。往门楼进去，有一道残墙，残墙下面长满了草，依稀可以看出里面铺着青石板。

老人颤巍巍地走近门楼，伫立着。

我站在老人跟前，我说："那幢五重直进的房子呢，没见呀。"

老人说："就在这儿呀。"

我说："败了呀。"

老人说："是败了，但我总觉得它还在。"

老人说着，走了几步，站在一棵树下。

那是一棵枯树。

一棵枯树，一个老人，还有一道破败的门楼，岁月只留下了它们。

刹　那

我出门的时候，一个小孩子喊住我。小孩子和我住在一条街上，他总喊我大哥哥，小孩子说："大哥哥，你去哪里呀？"

我说："去浒湾那些巷子里走走。"

浒湾离我们这儿不远，那是一个大集镇，但我在浒湾就没看到什么街，只看见一条一条巷子。那些巷子有宽有窄，有长有短，巷子连着巷子，七里八拐，绕来绕去。有一天我跟了大人去巷子里，转了半天，也没出来。后来怎么出来的我忘了，但那天以后，我便有了再去那巷子走走的想法。那巷子七拐八拐的，我想知道我一直在那儿走来走去，会走到哪里。

现在，我就走在巷子里。

是一条长长的巷子，我走了好久，也没走到尽头，倒是看到一个小女孩，蹲在地上哭。我最见不得小女孩哭，我过去问小女孩："你哭什么呀？"

小女孩说："我迷路了。"

我说："你怎么会迷路呢？"

小女孩说："巷子太多了，我走过这条巷子，却是另一条巷子，我走不出这些巷子。"

我不相信，我说："有这样的事？"

在我说着时，走过来一个大人，他一把拉起小女孩，然后说："你怎么蹲在这里哭呀？"

小女孩说："我迷路了。"

大人说："谁叫你乱走？"

说着，大人把小女孩拉走了。

留下我一个人在巷子里。

我继续在巷子里走，很快，我也像小女孩一样迷路了。那些巷子真的是太多了，我走过这条巷子，却是另一条巷子，我走不出那些巷子。但我没像小女孩一样蹲在地上哭。我毕竟比小女孩大几岁，我应该自己走出去。但我真的走不出去，绕来绕去还在巷子里。后来，我就看见我前面走着一个女孩，一个打着红雨伞，穿着红裙子的大女孩。我觉得我可以去问问女孩，问我怎么才能走出巷子。但好像，在我一眨眼的工夫，女孩不见了。我不相信会有这样的事，好好的一个人，怎么会突然不见了呢？我赶紧往女孩走过的地方去，想看看女孩去了哪儿？走过去，我明白了，原来这儿还有另一条巷子，女孩一定是从这条巷子走了。我立刻走进了那条巷子，我走得很快，但不知为什么，我在这条巷子里依然没看到女孩。这条巷子不长，走了一会，我看到另一条巷子。我走进去，忽然，我又看见那个女孩了，仍打着红雨伞，穿红裙子。我有些惊喜，走快起来，但恍惚也是一眨眼间，女孩不见了。我真的不相信女孩会消失，好好的一个人，怎么就不见了呢？我仍走过去，过去了，才明白那儿又有一条巷子。女孩肯定是从这条巷子走了，我仍往那巷子去，但在巷子里，我没看到那个打着红雨伞、穿着红裙子的女孩。我继续走着，走过一条又一条的巷子，那些巷子真的七里八拐，绕来绕去，没有尽头。在一条巷子里，我看见好几个老太婆。这些老太婆都在巷子里坐着，她们没说话，呆坐着，有些，还打着瞌睡。我要走出巷子，问这些老人就可以，但现在，我更想知道那个打红雨伞穿红裙子的女孩在哪儿。于是，我走近一个老太婆，我问着他说："奶奶，你看见一个打着红雨伞、穿着红裙子的姐姐吗？"

少年梦·青春梦·中国梦——中国故事
[刘国芳] 花一样开在心里

"那是我年轻的时候。"老太婆说。

"她年轻的时候总是打着红雨伞，穿红裙子。"另一个老太婆说。

我说："你们说的是好久好久前，我是说现在。"

"什么好久好久前，时间快得很，从年轻到现在，也就是刹那间的事。"老太婆说。

"不错，一个人从年轻到老，真的是刹那间的事。"另一个老太婆说。

我听不懂她们的话，我转身走了。

我继续去找那个打着红雨伞、穿着红裙子的女孩，但走过一条一条巷子，我依然没看到她。

也不知道过了多久，我从巷子里走了出来。

回到我住的那条街上，我又看到那个小孩子了，他也看见了我，还过来喊我，小孩子说："爷爷，你到哪里呀?"

我有些惊讶，我说："你叫谁爷爷?"

"你呀。"小孩子说。

"我有那么老吗?"我说。

"怎么没有，你头发都白了。"小孩子说。

我真的很惊讶，我怎么就白了头发呢? 我记得我出去的时候，小孩子喊我大哥哥，问我去哪里? 我说去浒湾巷子里走走。这些话好像还在耳边，但刹那间，我已经老了……

桥

　　三公去城里工作时还很年轻，那时，没人叫他三公。等他从城里回来时，他已经老了。这时，村里人见了他，都喊他三公。

　　三公在城里的工作让村里人很羡慕，他总在菜市场转来转去，见一个人担菜来卖，便伸一只手出来，问人家要钱。山村离城远，但还是有人进城时看见三公收人家的钱。村里一个人，一天一直跟在三公后面，他发现那天三公收到好几百块钱。那人后来拦住三公，跟他说："三叔（那时村里人还喊他三叔），你天天这样收钱，你发大财了呀。"

　　三公笑笑说："我这是收税，要上交给国家。"

　　那人说："不是你自己拿呀？"

　　三公说："那怎么行，一分钱也不能拿。"

　　三公在城里转了一辈子，老了，回村了。回村后，三公还喜欢转，在村里转。那村大，三公总是这里转转，那里转转。有人见了，笑笑说："三公呀，你在村里这样转，是不是也想收几个钱呀？"

　　三公不好意思的样子，回答："转惯了，闲不住。"

　　有一天，三公转出了村，来到了一条河边。这是一条小河，河不宽，水也不深，三公看见很多孩子在这儿趟水过河。这些孩子都背着书包，把裤脚扎得老高，一拨一拨走过河去。一个孩子，脚下绊了一下，险些跌倒，三公见了，慌慌地跑过去扶着孩子，然后一直牵了孩子过河。

后来，三公再不在村里转了，他到河边来，牵着那些孩子过河，一些小孩子，他还背着。

天天如此。

一天暴雨，落了一天一夜。等雨停时，三公没看见河边有孩子了，三公只看见河里水涨了，河里水急浪大，轰隆作响。

水一涨，孩子再趟不过河了，要到下游七八里的地方去坐船，那儿水平坦些，有渡。但村里孩子嫌远，不愿去。

有好多天，三公看见那些孩子都没去上课。三公就去劝那些孩子，三公说："远也要去，不读书怎么行。"

孩子说："太远了，去过渡要走七八里，过了渡到学校还要走七八里。"

三公也觉得远。

三公后来还听说，整个一个春天和夏天，河水都满。这时，除高年级的孩子寄宿在学校外，低年级的孩子几乎都不去上课。三公便忧心忡忡了，总说："不读书怎么行呢，不行呀。"

三公还到河边去，仍在河边转，转来又转去。

一天三公不转了。

三公去银行里取了两万块钱出来。

三公要建一座桥。

有钱，好办事，三公让村长请了很多人，还专门请来了造桥的工匠。这些人忙了一个月，一座桥就造好了。是一座木桥，不宽，只有两尺，但结实，挑担东西走在桥上，也不会晃晃悠悠。

有了桥，孩子又可以上学了。

但过桥是要收费的，有大人过桥，三公便伸一只手出来，三公说："过桥收钱，大人一角，孩子免费。"

那些大人有些不情愿，三公见了，又说："下游过渡也是要收费的，他收两角，我收一角，你们还少走了许多冤枉路，值呀。"

大人想想，是值，于是交一角钱给三公。交过，一些喜欢开玩笑的人还说："三公，你是不是一不收钱手就痒呀。"

三公笑笑，三公说："是这样吧，本性难改了。"

此后，三公每天都在桥上，有孩子过桥，他便牵了孩子过去。有大人来，他伸一只手出来，收钱。

转眼过去了一年。

这天，很多学生放学回来，三公一一牵了他们过桥。那是早春的一个雨天，天冷风寒，三公来来往往在桥上多走了好多趟，累了。当他又要过桥去牵一个孩子时，脚一滑，跌河里了。

幸好河边有那些孩子，他们大喊："三公跌河里了，快来救人呀！"

很多人跑来了，他们救起了三公。

三公毕竟年纪大了，那么冷的天，三公怎么受得了，他病了。

这以后的一天，三公让人喊来了村长。三公把一个23000块钱的存折给了村长，还给了村长1580块现金。三公跟村长说，那23000块的存折是他的积蓄，那1580块现金是一年来收的过桥费。三公说村里穷，还有很多乡亲没让孩子上学，那些钱，他捐出来让那些孩子上学。

很多人围着三公，没人做声，但泪水，在人们眼里潸然而下。

后来，三公病更重了，三公觉得自己不行了，但他还想看最后一眼桥。于是，他让人把自己抬到了桥上。

村里人都到桥上来看三公，大家默默地走上桥，走到三公身边。然后，轻轻地，轻轻地把一角钱放在三公手里。

蔷薇花开

　　很多天了，我都在河边看见一个男孩。六月了，河边的蔷薇开花了。这是一种淡红色的小花，不是很起眼，但好看。他好像很喜欢蔷薇花，总见他在蔷薇边呆坐着，眼睛看着蔷薇花。有时候，他还小心翼翼地掐下一两朵，放鼻子边闻。这动作很做作，有一次我笑起他来，我说：这花一点也不香。

　　他说：谁说不香。

　　我看了看他，也掐了一朵放鼻子上闻，然后说：不香呀？

　　男孩说：很香呀，你怎么闻不到？

　　我不解地看着他。

　　一次，我看见男孩掐了很多花，蔷薇有刺，花上也有刺，我看见男孩手指上都出血了。我后来又开口跟他说起话来，我说：你掐这么多蔷薇花做什么？

　　男孩说：她喜欢。

　　我说：她是谁？

　　男孩说：我女朋友。

　　我说：你女朋友喜欢这种花？

　　男孩点点头，看着我说：我女朋友总说这种花好看，说它有一股清香，朴素雅致。她还喜欢把这种花插在头上，我女朋友很美，戴一朵蔷薇花在头上，更美。还有，她喜欢把蔷薇花插在屋里，说这样满屋子都香。

我说：难怪你也说它香。

男孩说：是香嘛。

男孩说着，捧着花走了。

我知道男孩捧着花去哪里，他又要去把这些花装点他的女朋友。

后来还经常看见男孩，他还那样坐在蔷薇花边，发着呆一样看着，有时候也放鼻子上闻闻或摘一大把回去。我看着男孩走去，在心里说，那女孩真幸福。

但我从来没见过那女孩。

一天，男孩又来了，男孩仍然摘了一大把花。但后来，男孩没捧着花走，男孩坐在河边上发呆，一待许久。再后来，男孩一朵一朵把花往水里丢，随同这些花一起落进水里的，还有男孩的泪水。

我在边上看着他。

我后来开口问起男孩来。我说：你怎么啦？

男孩没看我，但念了一句李煜的词：流水落花春去也，天上人间。

我听得懂，我说：你女朋友跟你分手了？

男孩又扔了一朵花，然后看看我，开口说：是我的错。

我看着他，期待着他往下说。

男孩说：有一天我们在河边玩，一个孩子，也在河边玩，孩子后来不小心落水了，她不会游泳，却跳了下去。

我说：她再没有上来，是吗？

男孩摇了摇头，跟我说：她把小孩救了上来，自己也上来了。

我说：那你还在这儿流水落花春去也，天上人间做什么？

男孩说：这以后她就跟我分手了，她说我没下水救那小孩。

我说：你为什么不下去？

男孩说：我也不会游泳，当时不敢下去。

男孩又说：我现在很后悔，我应该下去的，她都敢下去，我白是个男子汉。

男孩说着，仍落泪。

我眼睛一红，也湿湿地潮了。

这个六月，在蔷薇花开的日子里，我一直看见那男孩。男孩总坐在蔷薇花边，他还那样看着花、闻着花、摘着花、抑或一朵一朵把花往水里扔。男孩伤心的样子，很让人怜惜，我每次见了他，都不想走，就那样看着他。现在，我也喜欢蔷薇花了，我也会把花放在鼻子上闻，觉得它很香很香。我还觉得它好看，朴素雅致。一次，我还坐在男孩身边，我劝起他来，我说：你不要太自责了，谁都会犯错误。我又说：知道错了，改了就好。我还说：你也不要太伤心了，流水落花都无情，你应该振作。男孩没看我，仍一朵一朵把花往水里扔。我后来挡住男孩，从他手里把花拿过来，我把这朵花插在头上，然后看着他说：好看吗？

男孩看了看我，没做声。

我又说：我像那个女孩吗？

男孩瞟了瞟我，回答说：不像。

说着男孩起身走了。

我恨恨地瞪了他一眼，好委屈。

有一阵子没怎么看到男孩，不知他到哪里去了。男孩不在，我就一个人坐在那儿，我看着那些蔷薇花，想着那个男孩。有时候我也会掐下一两朵花，插在头上。这时候我特别希望男孩出现，我还想让他看看，我到底像不像那个女孩。

一次男孩出现了，跟男孩一起出现的，还有一个很美的女孩。男孩脸上再看不见忧伤了，而是一脸的欢喜。他们从堤上走下来，走到我跟前时，男孩跟我笑了笑，还开口说：她原谅我了。

女孩这时掐下了一朵蔷薇花，她把花递给男孩，还用手往头上指指。男孩当然明白，他接过花，很认真地插在女孩头上。

我看着女孩，觉得她好美好美。倒是我自己，好丑好丑，在女孩跟前，我觉得自惭形秽，难怪男孩说我不像她。

我后来也掐了一朵花，女孩见了，跟我说我帮你戴吧。说着，她把花戴在我头上。戴好，左右看看，还说：真美。

我说：真的吗？

男孩接嘴，跟我说：真的。

我说：谢谢你们！

说着，我走开了。

我现在还喜欢把蔷薇花插在头上，戴上它，我就会想起那个女孩，那是个很美很美的女孩，我希望我永远像她。

你是我的爱人

女人在街上看见了丈夫，离得有些远，她看见了丈夫，丈夫却没看见她。她看见丈夫手里捧着玫瑰花，一脸的喜气洋洋。

女人忽然想到，今天是情人节。

女人也知道情人节，早几年的一个情人节，丈夫要给她送玫瑰。她问玫瑰花一朵要多少钱。丈夫说情人节的时候，一朵要五块钱。她立即反对，她说买一枝玫瑰要这么贵呀，还不如留着五块钱买菜呢，别买了。丈夫听她的，真没买。也就是说，丈夫没给她送玫瑰。而且这么多年，丈夫也没给她送过玫瑰。

现在，丈夫手里捧着玫瑰，不是一枝，而是一束。看样子有十朵左右。她远远地看着丈夫手里的玫瑰，她知道那束玫瑰不是送给自己的。但丈夫要把玫瑰送给谁呢，她不知道。

但她很想知道。

于是就跟着丈夫，不远不近地跟在丈夫后面。

街上很多情人，一对又一对，几乎所有的女孩手里都捧着玫瑰。这些玫瑰像火一样开放，一条街上，便有星星点点的火光流动，十分好看。

女人看着那些手捧玫瑰的女孩，一脸羡慕。

丈夫还在前面走着，女人跟着。忽然，女人发现状况了。女人看见一个女孩迎着丈夫走来，女孩笑盈盈地看着丈夫，一脸灿烂。女人便想，丈夫可能要把玫瑰送给这个女孩。女孩走近了，果然，他们停下了。女人立即闪到一棵树后面，随即，女人听到女孩说："你也买了玫瑰呀，送给谁呢？"

丈夫说："送给我的爱人。"

女孩说："你的爱人就是你的情人吧？"

丈夫说："你说是就是吧。"

女孩又说："你买了几支呢？"

丈夫说："十一支。"

女孩说："为什么买十一支？"

丈夫说："一心一意呀。"

丈夫说着，走了开来，继续往前去。

看见丈夫没把玫瑰送给女孩，女人松了口气。

女人仍跟着。

不久，女人又看见一个女孩走近了丈夫，女孩也跟丈夫笑，一脸灿烂。笑着时，他们走近了，停下了。女人又闪在一棵树后面。随即，女人听到那女孩也问着丈夫："你也买了玫瑰呀，送给谁呢？"

丈夫说："送给我的爱人。"

女孩说话十分大胆，女孩说："我是不是你的爱人呢？"

丈夫说："让你失望了，你是我的朋友，但不是我的爱人。"

丈夫说着，又走了开来，继续往前去。

女人又松了一口气。

女人继续跟着。

街上走着很多好看的女孩，她们迎着丈夫走来。看见一个好看的女孩，女人忍不住就想，丈夫会把玫瑰送给她吗。又看见一个好看的女孩，女人又想，丈夫会把玫瑰送给她吗。但结果没有按女人的想象发展，也就是说，丈夫一直把玫瑰捧在手里，他没把玫瑰送给任何人。

后来，女人把丈夫跟丢了。

女人也不知道丈夫怎么就丢了，好像是一眨眼，丈夫就不见了。她到处看，也没看到丈夫。她便想丈夫是不是发现自己了，丈夫有意把自己甩了。现在，丈夫去跟那个爱人送玫瑰了。这样想着，女人就很难过了。女人眨一眨眼，眼里都盈出泪水了。

随后，女人在街上胡乱地走着，满街都是手捧玫瑰的人。但现在，女人觉得那些玫瑰很刺眼，女人不敢看。

忽然，女人的手机响了。

才把手机放在耳朵边，女人就听到丈夫的声音，丈夫说："你怎么不在家呀，我买了玫瑰送给你。"

女人说："你的玫瑰是送给我的吗？你是送给你爱人的。"

丈夫说："你就是我的爱人呀。"

女人似乎没听清，女人说："你说什么？"

丈夫重复了一遍。

女人这回听清楚了，女人忽然激动起来。这一激动，女人竟失语了，不知道对着手机说什么。街上很多人捧着玫瑰，现在，女人忽然觉得，这些玫瑰都在向她涌来，都在为她开放。

女人笑了，那笑脸，像玫瑰一样开放。

回　家

一对夫妻，天天吵，有一天他们烦了，不吵了，互相看了看，一个说：我们离婚吧。

一个点头。

他们的孩子垂着头在远处看着他们。

他们也垂着头，看着孩子。

良久，他们中的一个说：孩子怎么办？

一个说：让她外婆带吧。

一个说：也只能这样了。

这一天，他们带孩子出去，他们决定带孩子玩过后就把孩子送到外婆家去，然后他们就去法院办手续。孩子好像意识到什么，看看父亲，又看看母亲，怯怯地。

他们也看着孩子，又互相看看，然后一个探过头去，小声说：这是我们最后一次带孩子出来玩，我们应该让她高高兴兴。

一个点点头，也说：不错，我们应该让孩子玩得高兴。

说着，一个抱起孩子，把脸贴着孩子的脸，跟孩子说：苑苑，你想吃什么，妈妈都跟你买。

一个也说：苑苑，你想去哪里玩，爸爸都带你去。

孩子开口了，孩子说：我想吃荔枝，我想去看长江大桥。

他们点点头，把孩子带到卖荔枝的摊子前。

离开那儿时，孩子手里拿着一大串荔枝。

一个小孩，走在他们身后。

孩子看了他一眼。

接着他们带孩子去看长江大桥，孩子走在他们中间，他们一左一右牵着孩子。孩子走几步，就用用力，把自己吊起来，让大人吊着她走，还格格地笑。有时候，孩子还用两只手抓紧大人的手，让大人晃秋千一样晃她，晃得很开时，孩子就有些怕，大声叫着，也笑，格格地笑着，很开心。

那个小孩，还在后面，孩子回回头，又看见他。

长江大桥不远，不一会就到了。一到桥上，孩子就一个人在桥上跑，蹦蹦跳跳，还让大人把他抱上栏杆，往江里看。江里有船，孩子见了，惊讶地叫着：这船真大呀！

大人看着孩子，问他说：好玩吗？

孩子说：好玩。

孩子还说：爸爸妈妈，以后天天带我来玩。

两个人看了一眼，没做声。

看了一会，他们把孩子从栏杆上抱下来，带着孩子往回走。

孩子有些不情愿，问了一句：现在去哪儿呀？

他们说：去外婆家。

孩子不再问了。

走了一会，孩子又看见那个小孩，小孩在他们身后，跟着他们。

孩子就跑到小孩跟前去，开口说：你一直跟着我们？

小孩点点头。

孩子说：你为什么跟着我们？

小孩说：我没有爸爸，也没有妈妈，看见你爸爸妈妈带着你，我好想好想爸爸妈妈。

你爸爸妈妈呢?

他们离婚了,不要我了。

你去找他们呀?

我找不到他们。

小孩说着,一抹眼睛,呜呜地哭起来。

孩子也难过了,跟着哭,哭着时还把手上的荔枝递过去,跟小孩说:你别哭,我给你吃荔枝。

两个大人一直看着孩子,在孩子哭着时,他们的眼睛也红了起来。互相看了看,他们过去拉着孩子,要走,但孩子依依不舍地拉着小孩的手,不走,孩子看着大人说:去哪儿呀?

两个大人同时说:回家。

麦　子

　　情人节这天，平终于把玫瑰送给了麦子。

　　其实，接受玫瑰的女孩并不叫麦子。

　　好几年了，平一直爱着麦子，但麦子一直拒绝平。平记得认识麦子的那年情人节，平送给麦子一束玫瑰。麦子没接受，麦子说："我接受了，就是你的情人了，可我并不爱你呀。"平说："爱可以慢慢培养呀。"麦子说："那就等我培养出对你的爱再接受你的玫瑰吧。"一年过去了，麦子却没培养出对平的爱来。这年，平把玫瑰送给她时，她仍不接受。平一脸难过了，平说："我是真心爱你的，你接受我吧。"麦子说："我也想接受你，可我不爱你，我不想勉强自己。"又一年过去了，麦子还是没有培养出对平的爱来。当这年平再把玫瑰送来时，麦子很认真地说："我们只是普通朋友，你不要给我送玫瑰了，我真的不爱你，一点的爱意也没有。"平很伤心，流泪了。那是个湿漉漉的情人节，落着雨，平觉得老天也在为他伤心落泪。

　　爱一个人，却不被所爱的人爱，这的确是一件让人伤心的事。有好长一段时间，平都郁郁寡欢，走在外面总会触景生情。比如，看见落雨，他眨一眨眼，眼里就有了泪水。比如，看见一片树叶落下来，他就会觉得自己就是那片被人抛弃的叶子。有时候听到一段伤心的爱情歌曲，他也会伤心，在歌声中徘徊。一天，这样伤心着走在外面，忽然看见麦子了。当然，她不是真正的麦子，她只是长得很像麦子，平便把她看成麦子了。这个麦子坐在一家发廊门口，见了平，她说："按摩吧。"平从没进过发廊，但看见这个像麦子的女孩后，平进去了。在一个小包间，麦子开始还认真地按着摩，但后来，麦子就坐在平身上了。麦子说："先生怎么这么忧郁呢，遇到什么不顺心的事吗，是不是失恋呀。"平没做声。麦子又说："先生，想开点吧，你不妨把我当你那个情人，怎么对我都可以，只要你心里好受些。"平觉得这个麦子善解人意，对她有了好感了，于是他用手轻轻地在麦子脸上摸了摸，问着她说："你是从农村来的吗？"

麦子点点头。

平又说："我知道你叫什么。"

麦子说："你说我叫什么？"

平说："你叫麦子，不错吧。"

麦子说："你说我叫麦子，那我就叫麦子吧。"

平后来还来过两次，那个真正的麦子已爱上了另一个人了，平要见她都难。平有时候想她，就到发廊来，这里有一个像麦子的女孩，平有时候看着她，觉得她就是麦子。

又一年情人节到了。平又买了一束玫瑰，但把玫瑰捧在手里，平发觉这束玫瑰送不出去了。

后来，平来到了发廊，把玫瑰送给了另一个麦子。

麦子接着玫瑰时，半天不敢相信这是真的，她捧着玫瑰，看了又看，然后说："你这是送给我的？"

平说："送给你的。"

麦子说："你是送给麦子的吧。"

平说："你就是麦子呀。"

麦子哭了，一边哭，麦子一边说："我太激动了，你知道吗，从来没人给我送花。"

麦子又说："我小时候，有一次把一朵野花插在头上，我母亲还骂了我。我们乡下女孩，家里孩子多，父母都看不起。我大了些，没找到事做，母亲整天说我吃死饭。后来，我就出来跟人按摩，但在这里，更没人把我当人看呀。"

麦子还说："你真是送给我的吗，我不敢相信呀?"

平说："是送给你的，送给麦子你的。"

说着，平眼里也贮满了泪水。

几天后，平又去了发廊。

但平没见到麦子。

麦子让人留给了平一句话，她说：发廊不是麦子待的地方，她走了。